DASHING – ADAM

VERSIONE ITALIANA

KYLIE GILMORE

Traduzione di
MIRELLA BANFI

1

Adam

«Vuoi ballare?» mi chiede una voce allegra e nella mia mente risuona un allarme.

Avrei dovuto aspettarmelo, un lento, al ricevimento per il matrimonio dei nostri fratelli. Guardo gli occhi castani brillanti ed entusiasti della mia unica amica donna: Kayla Winters.

È senza dubbio una dea. Per l'occasione indossa un abito nero senza maniche che mette in mostra la sua pelle morbida dalla gola delicata alle scapole, fino al rigonfio del seno. I capelli castano scuro ricadono in onde su una spalla nuda. Le labbra piene sono rosso vivo. Mi ritrovo a deglutire.

Ridicolo. Siamo amici. Non c'è niente per cui allarmarsi. Certo che posso ballare un lento con la mia amica. Nessuno dei due è interessato a una relazione. Kayla ha ripetutamente detto che non è nemmeno pronta a uscire con qualcuno dopo essere stata lasciata all'altare. È una delle prime cose che mi ha detto e continua a mantenere la sua posizione, come ripete a chiunque le suggerisca di riprovarci. Quanto a me, anche solo l'idea di una relazione mi fa venire l'orticaria.

La prendo per mano e andiamo sulla pista da ballo. Ricordo che era stata col suo ex-fidanzato per due soli mesi mentre noi ci conosciamo già da quattro. Dal febbraio scorso, quando lei ha deciso che eravamo amici.

Aveva proprio detto così allora. *Sembri veramente una brava persona, mi piacerebbe che fossimo amici.* Che cosa avrei potuto dire? È la sorella più giovane del cliente per cui stavo lavorando da qualche settimana. Sono un artigiano, un falegname. Ovviamente ho accettato anche se non ho mai avuto amiche donne. In verità sono un po' un lupo solitario. Il mio lavoro, la mia famiglia, la gente che conosco in città, per me sono sufficienti. Immagino che potrei dire di essere amico del tizio che abita vicino a me con cui a volte vado a pescare, ma non è che ci scambiamo confidenze. Con Kayla è andata bene fin dall'inizio. La mia natura silenziosa sembra metterla a suo agio abbastanza da condividere i suoi pensieri.

Trovo un punto sgombro sulla pista da ballo e le metto le mani intorno alla vita sottile, tenendola senza stringere. Invece di appoggiarmi le mani sulle spalle me le mette intorno al collo, e siamo abbastanza vicini da sentire il suo calore. O magari è il mio. Sto bruciando con la camicia elegante, dopo aver scartato da tempo la giacca. Kayla è piccola. Anche coi tacchi, la sua testa mi arriva al petto.

L'allontano discretamente da me. Sembra più appropriato per due amici. Anche se lei non pensa più a quel viscido del suo ex, non supererei mai quel limite. È importante rispettare quel confine, in modo che nessuno si faccia male.

«È un bel matrimonio, vero?» chiede Kayla, guardandosi attorno. Siamo sotto un tendone bianco nel terreno dietro la casa dello sposo, un vasto appezzamento con dolci colline bordate da boschi. Mia sorella minore, Sydney, ha sposato il fratello maggiore di Kayla, Wyatt. Immagino che Kayla e io, adesso, siamo in qualche modo imparentati... forse. È fico visto che siamo buoni amici.

Mi guardo intorno. «Già. E sono stati fortunati a beccare una giornata di sole.» È maggio e normalmente c'è il sole. Mi accorgo a malapena di quello che sto dicendo, tanto sono concentrato a mantenere una distanza di sicurezza. Kayla continua a spostarsi più vicino.

«L'ho ordinata appositamente» dichiara. «Sai, se non fossi una biostatista, penso che potrei essere un'ottima wedding planner. Ho aiutato io Sydney a organizzare questo matrimonio.»

Inclino la testa. Non so niente di nessuna delle due carriere. Tutto ciò che so è che è intelligentissima e ha appena completato il Master in Biostatistica. Adesso dovrà cercare un lavoro e probabilmente si allontanerà parecchio da Summerdale, Stato di New York. In questo periodo sta lavorando part time come cameriera all'Horseman Inn, il ristorante storico che appartiene alla mia famiglia da generazioni. Adesso è di proprietà di mia sorella Sydney. Kayla è una pessima cameriera, lascia continuamente cadere i piatti, ma è così maledettamente carina quando si scusa che la perdonano tutti.

Kayla sorride. «Sei veramente attraente con questa camicia bianca elegante. Bel contrasto con i tuoi capelli scuri e la pelle abbronzata. Hai ancora quel velo di barba. Non ti sei rasato per il matrimonio, eh?»

Di solito non parla del mio aspetto, solo della mia abilità come artigiano. Di colpo sono maledettamente conscio di lei, di me, ho tutti i nervi tesi. «Uhm, grazie. L'ho regolata un po' per sembrare in ordine.»

«Mmm. Ti sei anche tagliato i capelli.»

Resto impietrito alla sensazione sorprendente delle sue dita che scorrono tra i miei capelli sulla nuca, procurandomi un brivido lungo la spina dorsale. *Sta giocando con i miei capelli.* E, cosa ancora più allarmante, si mette in punta di piedi. «Dimmi,» sussurra all'orecchio sfiorandomi il petto con il seno, «siamo amici giusto?»

«Sì.» Mi rilasso un po'. Sia perché sta rispettando i limiti sia perché si è staccata per guardarmi e il suo seno adesso è a distanza di sicurezza.

Mi rivolge un sorriso abbagliante. «Perfetto, ho un favore da chiederti.»

«Certo.»

Kayla si mette a ridere. «Non sai nemmeno di che cosa si

tratta. E se ti dicessi qualcosa di folle, ad esempio che voglio che faccia il mio bucato?»

Sorrido dicendole: «Se non ti danno fastidio gli abiti stropicciati li metterò in lavatrice con i miei».

Kayla passa la mano lungo la manica della mia camicia. «I tuoi vestiti non sono per niente stropicciati.»

«Tolgo immediatamente le camicie dalla asciugatrice per evitare di doverle stirare. Di che cosa hai bisogno?»

Kayla guarda oltre la mia spalla, improvvisamente timida. «Penserai che sia una sciocchezza.»

Non rispondo. Kayla non ha mai bisogno di farsi persuadere per parlare.

Torna a mettersi in punta di piedi per sussurrarmi la sua richiesta e con la coda dell'occhio vedo che la guancia è rossa. «Fingeresti di essere il mio fidanzato a un ricevimento?»

Sudo freddo. *Fidanzato?* Sono stato fidanzato una volta e ho giurato: mai più.

«Ti pagherò» aggiunge.

Resto a bocca aperta.

Mi afferra la mano e mi tira fuori dalla pista da ballo, dicendo: «Te lo spiegherò in privato».

«Non c'è bisogno che ti spieghi.» *Perché non succederà mai.* Nessun pagamento e decisamente nessun fidanzamento.

Kayla mi lascia andare la mano e mi indica di seguirla mentre cammina intorno alla parte anteriore della grande casa grigia a due piani di Wyatt. Non mi dispiace allontanarmi dal ricevimento, con tutta quella gente. Mi piace il silenzio. Kayla sale i gradini del portico che circonda la casa, con quattro sedie a dondolo bianche di legno di pino. Le ho fatte io, un modello semplice ed elegante, con il legno curvato per adattarsi alla testa e al sedere. Sono dei pezzi extra che Wyatt mi ha commissionato, insieme a una biblioteca, completa di scaffali, spazio per riporre oggetti e una scala scorrevole. Ho anche restaurato alcuni pavimenti di legno e costruito degli armadietti per il soggiorno. Wyatt è stato utile per la mia impresa. Ha parlato di me e con le sue segnalazioni mi ha procurato altre commissioni.

Kayla si siede e si dondola un po'. «Mi piacciono queste sedie, sei un genio dalle mille risorse.»

Ho il petto gonfio d'orgoglio. Mi siedo accanto a lei. «Grazie.» Lavoro duramente e cerco sempre di migliorare, accettando sempre nuove sfide.

Kayla mi rivolse un sorriso timido. «Allora, ecco la storia: la mia professoressa preferita darà un ricevimento a casa sua per la fine dell'anno scolastico, per tutto il dipartimento di statistica. È informale, un barbecue in giardino. E ci sarà il mio ex, quello che mi ha lasciata all'altare quattro mesi e mezzo fa. È la prima volta in cui lo vedrò da allora e so che sarà imbarazzante. Voglio solo dimostrargli che ho definitivamente voltato pagina.»

Kayla è molto precisa quando si tratta di numeri: quattro mesi e *mezzo*. Da falegname, rispetto questa precisione. Bisogna sempre misurare due volte prima di effettuare il taglio. Ci sto, ora che so che si tratta di salvarsi la faccia davanti al suo viscido ex. Sto per dirglielo quando lei continua: «So che per te è un fastidio ed è per quello che sarò felice di pagarti. Sinceramente le mie mance non sono granché, ma l'appartamento è gratis quindi ho dei soldi da parte».

Vive sopra l'Horseman Inn, nel vecchio appartamento di mia sorella. Non mi meraviglia che le mance non siano granché visto che rovescia il cibo sui clienti o sul pavimento, ma lascio correre. «Prima di tutto, per favore non parlare di pagare un uomo per avere un appuntamento.»

«Ma per te è un fastidio.»

Sbuffo: «Secondo, verrò».

Kayla sbatte gli occhi un paio di volte. «Davvero?»

«Sì.»

«E non vuoi niente in cambio?»

Mi strofino la nuca, non mi aspettavo di dover spiegare come funziona l'amicizia. Sarà imbarazzante? Sì, ma voglio aiutarla. «Ti coprirò le spalle.»

Lei mi fissa, non sembra convinta. «Non so. Ora che ci penso, a te non piacciono le feste, quindi non ti divertiresti.

Lasciamo perdere. Non è stato carino da parte mia chieder-telo. Lo chiederò a qualcun altro, okay?»

Prima che possa rispondere si sta già allontanando per andare a cercare un nuovo finto fidanzato.

La seguo intorno alla casa. Le sue sorelle, Brooke e Paige, la salutano agitando una mano dalla pista da ballo e lei si affretta a raggiungerle, colpendole entusiasticamente con le anche. È piuttosto buffo, perché è più bassa di loro.

Qualcuno mi dà una gomitata nelle costole. Mi volto trovandomi a faccia a faccia con il fratello di Kayla, Wyatt. Il mio nuovo cognato ha la mia età, trent'anni, e circa la mia stessa statura, sul metro e ottantacinque, capelli castano scuro ondulati e una barba corta curatissima. È buono con mia sorella e scherza volentieri, anche se adesso sembra maledet-tamente serio.

«Ehi, congratulazioni, amico» dico.

«Che cos'è successo?» chiede, indicando Kayla con il mento. È la più giovane delle sue tre sorelle, e lui è estrema-mente protettivo nei suoi confronti. Probabilmente ha a che vedere con il fatto che il loro padre è morto quando erano giovani e Wyatt, in un certo senso, ha preso il suo posto. Kayla è andata direttamente da lui quando è stata lasciata all'altare e poi è rimasta.

Tiro indietro le spalle, vedendo immediatamente il fratello iperprotettivo che sta per attaccare. «Non è successo niente.» Non ho intenzione di rivelare a suo fratello il piano di Kayla di trovare un finto fidanzato. Significherebbe tradire la sua fiducia.

«Adam, si capiva che ti stava facendo una proposta sulla pista da ballo...»

«Scusa?»

Wyatt alza una mano. «Risparmiatelo. Non è che tu non mi piaccia, rispetto il tuo lavoro, ma...», mi ficca un dito nel petto, «non scherzare con lei, a meno che tu abbia intenzioni serie. E parlo di impegno a livello di matrimonio, perché è quello che cerca Kayla.»

Sento un brivido che mi percorre la schiena. *Mai più.*

«Non e così,» dico, «siamo amici.»

Wyatt sbuffa. «Ho visto come sembravate intimi sulla pista da ballo. Può anche essere cominciato così, quando Kayla ti stordiva a furia di chiacchiere, mentre lavoravi a casa mia, ma ti ho visto che la guardi all'Horseman Inn mentre lei lavora lì e sembri maledettamente felice.» A volte Wyatt lavora dietro il bancone. Non perché sia obbligato a farlo, è un miliardario in pensione, ma perché è appassionato di vini, birre e whisky di qualità e vuole condividere la sua conoscenza con i clienti. Sydney dice che i profitti del bar sono aumentati proprio grazie a lui.

Faccio spallucce. Non serve che discuta con me, non ho intenzione di lasciarmi coinvolgere da sua sorella. Punto. «È il ristorante della mia famiglia. Ci vado sempre.»

Wyatt grugnisce. «Non è una donna con cui scherzare, capito?»

«Forte e chiaro.»

Si volta a guardarmi, come se si stesse facendo una domanda. «A meno che tu faccia sul serio.»

Alzo le mani. «Non ho in programma di sposarla.» Poco più di un anno fa ero fidanzato. Poi Amelia era partita per *un'avventura a Panama,* con un consulente conosciuto nel suo ufficio. Era stato uno shock, dopo quattro anni insieme. Eufemismo. Mio padre era morto una settimana dopo. È da poco che ho ricominciato a sentirmi me stesso.

Wyatt scuote la testa. «Quando quello stronzo del suo ex si è tirato indietro il giorno del matrimonio, Kayla è stata un rottame per due mesi. Tu non hai visto nemmeno la metà di quello che ho visto io. È stato atroce.»

«Sono passati quattro mesi e mezzo.»

Wyatt mi fissa.

«Solo per dire.»

Fa un gesto indifferente. «Non ha importanza. Se non è una cosa seria, scordatela. Sono le uniche alternative che hai.»

È il mio nuovo cognato, che considero un amico. Mi ha commissionato il lavoro dei miei sogni dandomi carta bianca per progettare mobili su misura per la sua biblioteca e il suo soggiorno. Inoltre mi sta facendo tantissima pubblicità. È straordinario quanta sia ricca la gente che apprezza i lavori di falegnameria su misura. Non ho intenzione di rovinare quest'amicizia.

Gli batto una mano sulla spalla. «Kayla e io siamo amici. Fine della storia.»

Guardiamo entrambi Kayla sulla pista da ballo. È in equilibrio su un piede e sta cercando di togliersi un sandalo. Perde l'equilibrio e sia Wyatt sia io ci lanciamo in avanti ma Sydney la raddrizza prima che uno di noi possa arrivarle vicino.

Wyatt mi rivolge un'occhiata sospettosa prima di raggiungere Sydney sulla pista da ballo.

Vado al bar. Prendo un whisky (Wyatt lo ha rifornito con quello buono) e mi siedo a un tavolo vuoto. Mi cade lo sguardo su Kayla. Ora sta ballando con mio fratello Eli. A ventisei anni, è più vicino a lei come età ed è pieno di muscoli perché si allena continuamente per mantenersi in forma per il suo lavoro di poliziotto. Non che debba catturare molti criminali a Summerdale. Siamo un posto piuttosto tranquillo.

Aspettate, gli sta chiedendo di recitare la parte del fidanzato? Eli è single e non esiterà a fare la sua mossa. Sono in piedi prima di accorgermi di che cosa sto facendo. «Kayla.»

Lei si volta a guardarmi. «Ehi, Adam. Unisciti a noi!» dice, indicandomi di raggiungerli.

Eli le dice qualcosa e lei gli dà scherzosamente uno spintone. Probabilmente le sta dicendo che io non mi rilasso mai molto. Non sono mai stato un amante delle feste. E non mi troverete nemmeno ad avere "un'avventura a Panama". Sono radicato qui a Summerdale con il mio lavoro e la mia famiglia. Ma questo non significa che non mi diverta a modo mio.

E poi lei viene verso di me e il mio polso accelera.

Mi guarda, con un'espressione interrogativa sul visino dolce. «Che c'è?»

«Eli verrà a quel ricevimento con te?»

Lei si volta a guardarlo. «Non so. Dici che andrebbe bene?»

Certo che andrebbe bene. Tutto quello che vuole è provarci

con una bella donna.

Kayla comincia a muoversi al ritmo della musica. «Siamo amici. Lo vedo regolarmente al ristorante. A volte provvede lui all'intrattenimento del sabato sera con la sua chitarra acustica.»

Già. Eli dai molti talenti. Ha imparato a suonare la chitarra solo per far colpo sulle donne.

Kayla si ferma. «Va tutto bene? Mi sembri un po' arrabbiato.»

Abbasso la testa verso il suo orecchio e abbasso la voce. «Verrò con te al ricevimento. Non vedo l'ora di affrontare il tuo ex.»

Le si illuminano gli occhi. «Davvero?» Mi getta le braccia al collo e mi bacia la guancia. Mi sento invadere dal calore. «Grazie! Giuro che ti restituirò il favore, anche se non so ancora come.»

Espiro piano, lieto di non dover pensare a Eli che la tocca. Non che abbia intenzione di provarci. Sono solo una ripicca. *Fidanzato*. Sento il sudore che mi scorre lungo la schiena.

È tutta una finta. Non mi devo impegnare.

Wyatt la chiama.

Kayla alza un dito per dirgli di aspettare e mi sorride, allargando le labbra piene e imbronciate. Non è colpa sua se ha le labbra che sembrano sempre imbronciate. «Grazie ancora per *tu sai che cosa*. Sarà un nostro segreto» dice ammiccando con un sorriso abbagliante.

Mi sento stringere le stomaco e il sangue che scorre veloce nelle vene. Ignoro la scomoda fitta di desiderio. Ovviamente, per me è passato troppo tempo. Tengo troppo a lei per farmi coinvolgere e finire per ferirla perché non posso darle ciò che vuole, una relazione seria. E Wyatt mi ha messo in guardia proprio per quel motivo. *Non scherzare con mia sorella* e i risvolti sono chiari: tensione in famiglia, perdere i clienti che mi procura. Sarebbe un suicidio professionale e personale. Non ho intenzione di incasinare i rapporti con lui.

Le sto solo facendo un favore in modo che possa salvare la faccia con il suo ex. Ecco tutto. Una cosa da amico.

2

Kayla

Sono qui con il mio finto fidanzato, *tiè, prendi questa, Rob, viscida serpe!* E, oltretutto, Adam sta stupendamente. Beh, sta sempre bene, è alto, snello ma muscoloso, capelli corti castani e un velo di barba, ma oggi sta *particolarmente* bene. La maglietta bianca fa risaltare la sua abbronzatura, oltre ai suoi bicipiti e gli avambracci muscolosi. Non è un uomo che resta seduto tutto il giorno davanti a un computer. Lui lavora con quei muscoli. I jeans sbiaditi aderiscono deliziosamente alla sua figura. Sono sicura che tutte le donne sarebbero d'accordo che il suo sedere fa un figurone con quei jeans. Ho passato abbastanza tempo ad ammirare da dietro la sua figura muscolosa. Più che altro perché quando gli parlavo a casa di Wyatt, Adam era occupato a lavorare mentre io stavo dietro di lui, a intontirlo di chiacchiere. È così che siamo diventati amici.

Solo perché ammiro il suo sedere non significa che abbia intenzione di superare i limiti, non sono pronta per una relazione, dopo essere stata lasciata all'altare. Ma mi sento bene quando sono con lui, tutta calda e radiosa. Adam è il tipo d'uomo che mantiene la parola data. Quando diceva che il giorno seguente sarebbe stato a casa di Wyatt alle otto del mattino per lavorare, è sempre arrivato in orario. E oggi è venuto a prendermi esattamente all'ora che aveva detto. Vuol dire qualcosa quando una persona mantiene la parola data.

«Stai bene?» mi chiede per la terza volta.

Siamo qui da un'ora e abbiamo già fatto il giro, parlando con tutti. Rob non è ancora arrivato. Non posso andarmene finché non mi avrà visto con Adam.

Annuisco. «E tu?»

«Certo. Non preoccuparti per me.»

So che le feste non sono il suo ambiente. È silenzioso e riservato, felice di stare con poche persone o da solo, ma con me si è sentito subito a suo agio. Mi piace pensare che sia la mia personalità amichevole, ma probabilmente si trattava di compassione per il mio stato di devastazione per il modo in cui ero stata lasciata. In quel periodo, mi sentivo spinta a condividere i miei problemi. Rob e io eravamo stati insieme per due mesi, durante i quali mi aveva sommerso di complimenti, fiori, biglietti con frasi dolci, tutto l'insieme, insomma. Mi aveva chiesto di sposarlo nel nostro ristorante preferito, non vedeva l'ora di renderlo ufficiale. Avevamo organizzato un matrimonio segreto, proprio in quel ristorante, la vigilia di Capodanno. E poi all'ultimo minuto, aveva avuto paura, mentre io lo aspettavo nel mio bell'abito da sposa. O così aveva detto. Sospetto che l'unico motivo per cui mi aveva chiesto di sposarlo fosse perché gli avevo detto che mi stavo conservando per il matrimonio. *Viscido serpente.*

«Ancora poco» dico a Adam.

Lui guarda il mio bicchiere di plastica vuoto. «Vuoi ancora un po' di vino?»

È molto attento, per essere un finto fidanzato, e lo apprezzo. «Potresti invece prendermi una bottiglietta d'acqua?»

Lui prende il mio bicchiere se ne va. Un uomo d'azione di poche parole.

Mi guardo attorno cercando Rob. Non è ancora arrivato. Non posso aspettare per sempre. Non è cortese nei confronti di Adam, a cui non piace lasciare Tank, il suo bulldog inglese, da solo per troppo tempo. A volte chiede a un vicino di andare a controllarlo se deve restare fuori città per lavoro. Forse è il modo in cui potrò restituirgli l'enorme favore che mi sta facendo oggi. Andrò io a controllare Tank e a fargli un po' di coccole. Gliene parlerò mentre torniamo a casa.

Adam torna e mi porge una bottiglietta d'acqua.

«Grazie.»

Adam si limita a un cenno della testa. È il suo modo di dire *prego, nessun problema*. Sono brava a riempire gli spazi vuoti quando si tratta di Adam. Per esempio, non ha detto che sto bene nella blusa giallo chiaro e la minigonna arricciata in tinta, ma mi ha fissato e ha deglutito abbastanza forte perché lo sentissi quando ha abbassato lo sguardo sulle mie gambe nude. È stato il suo modo di dire: *bel completo per ingelosire il tuo ex, ma io sono troppo educato, come amico, per parlarne.*

«Andiamo a prendere qualcosa da mangiare» dico, dirigendomi a lungo tavolo coperto di cibo. Prendiamo degli hamburger e io aggiungo dell'insalata di patate al mio piatto mentre Adam preferisce le patatine fritte.

Mangiamo in piedi accanto al tavolo in amichevole silenzio. Sono irritata che Rob sia in ritardo ma che cosa mi aspettavo? Era ovvio, dato che mi aveva spinto a un matrimonio affrettato, solo per lasciare un messaggio (non a me ma al proprietario del ristorante) che non se ne sarebbe fatto niente. Ed era stata una sua idea!

Mangio furiosa un boccone di insalata di patate. Perlomeno oggi Adam è stato meraviglioso come compagno fidato. Ed è facile vantarsi di lui con tutti. È un artigiano superlativo, un vero maestro, e non si vedono facilmente in giro lavori come i suoi. Può realizzare tavoli dal disegno moderno oppure con le gambe strombate all'esterno, mobili classici intagliati e ogni altro tipo di mobile che potreste immaginare, oltre naturalmente ad armadietti e arredi su misura. Può persino restaurare pavimenti storici di assi di quercia in modo così perfetto da far credere che non siano mai stati toccati. Io ho mostrato in giro a tutti il suo portfolio online.

L'unico problema è che Adam non sa comportarsi come se fossimo una coppia. Non mi ha mai toccato. Avrei dovuto dargli istruzioni più precise. Scommetto che è un neofita a questa faccenda del falso fidanzato. Anch'io, ovviamente, ma almeno so che dovremmo tenerci per mano e/o metterci ogni tanto un braccio intorno. Finora ho dovuto afferrargli io la mano ogni volta che l'ho presentato a qualcuno.

Finito di mangiare, Adam si allontana con i nostri piatti di carta per buttarli nella pattumiera, lasciandomi da sola proprio mentre Rob si avvicina. Merda. Non posso correre da Adam altrimenti sembrerebbe che sto evitando Rob. Devo fingere indifferenza. Rob indossa una t-shirt di *Always Summer*, il gioco di ruolo online dove ci siamo conosciuti. Poi avevamo scoperto di frequentare la stessa università. Lui sta facendo il Dottorato di ricerca in Statistica. Lo sprovveduto vuole ricordarmi la nostra storia con quella maglietta? Pensa che riprenderemo dove ci siamo fermati? Neanche per sogno.

Segnalo a Adam di raggiungermi sperando di non farlo in modo frenetico. Lui accelera capendo che ho bisogno di lui. Per fortuna mi raggiunge un secondo prima di Rob, che si ferma, sorpreso di vedermi con Adam. Non posso permettere che ci siano dubbi sul mio rapporto con Adam. Gli prendo discretamente la mano e la tengo dietro la schiena in modo che sembri che mi abbia messo il braccio intorno alla vita. Porto anche il vecchio anello di fidanzamento di mia sorella Paige, un diamante rotondo su una fascia d'oro, per dare un tocco di autenticità alla storia. Il suo ex era andato a lavorare all'estero quando avevano rotto quindi lei aveva semplicemente messo l'anello in un cassetto pensando prima o poi di impegnarlo. Fortunatamente per me era ancora disponibile.

Ho avuto una settimana per prepararmi a questo evento e adesso che finalmente è arrivato ho il cuore in gola. Il mio ex ha l'aspetto che ricordavo: capelli castani con una nitida riga di lato, pelle bianchiccia e niente tono muscolare. Non posso fare a meno di notare il contrasto con l'uomo che ho obbligato a mettermi un braccio intorno. Sinceramente, Rob è il tipo di intellettuale che mi ha sempre attirato.

«Salve» gli dico.

«Ciao, Kayla» dice Rob. «È parecchio che non ci vediamo.»

Caspita, mi chiedo il perché. Viscido serpente!

«Sì» rispondo seccamente. «È passato un po' da quando non ti sei fatto vivo al nostro matrimonio. Fortunatamente ho voltato pagina.» Fisso Adam con aria adorante.

Rob tende la mano a Adam. «Salve, sono Rob.»

Adam ignora la sua mano. «Immagino che dovrei ringraziarti per esserti tirato indietro, altrimenti Kayla e io non saremo insieme.»

Io sorrido radiosa. «Siamo fidanzati» dico alzando la mano e mostrandogli l'anello.

«Avete fatto in fretta» dice Rob adocchiando Adam con aria dubbiosa. «Immagino che ti abbia parlato della sua regola.»

Ho le guance in fiamme. Sta parlando della mia regola "niente sesso prima del matrimonio" per insinuare che Adam mi voglia solo per quello. *Doppio viscido serpente.*

Adam si volta a guardarmi con una domanda negli occhi. Sono mortificata e poi le cose peggiorano.

Rob continua parlando in tono confidenziale con Adam. «Spero che sia una cosa seria. Non fare come me amico, non vale la pena di essere incatenati a vita solo per portarla a letto.»

Risucchio il fiato. Sospettavo che la mia verginità fosse il motivo per cui Rob voleva portarmi all'altare così in fretta, ma sentirglielo dire ad alta voce e di fronte a Adam è molto peggio.

«Di che diavolo stai parlando?» chiede Adam a Rob quasi ringhiando.

La gente smette di parlare e si avvicina.

Il mio polso accelera, ho tutti i muscoli tesi. «Ti spiegherò dopo» dico sottovoce a Adam.

Rob fa spallucce. «È l'unico motivo per cui le ho chiesto di sposarmi. Mi ero stancato di aspettare che me la desse.»

Adam si muove in fretta, afferra Rob per il colletto e lo tira vicino. «Chiedile scusa. Subito.»

Rob impallidisce cercandomi con gli occhi. «Mi dispiace. Volevo solo essere sincero.»

Adam gli dà uno spintone. «Non basta. Voglio delle vere scuse.»

«Ho solo fatto la cosa logica» piagnucola Rob.

Adam tira indietro il pugno, ma gli afferro il braccio sussurrando: «Per favore non fare una scenata». Non riesco nemmeno a sopportare i testimoni silenziosi intorno a noi.

Adam si volta verso Rob. «Non le parlerai più. Non dovrai più nemmeno guardarla. Ora vattene prima che ti prenda a calci.»

Rob esita, guardandosi attorno come per ottenere sostegno. Adam fa un passo avanti e Rob sobbalza, si volta e corre fuori dal cortile diretto verso la strada.

Le conversazioni riprendono sottovoce.

Mi volto a guardare Adam che ha le labbra tirate e i pugni stretti. Non avrei mai pensato che potesse essere così protettivo. È come un cavaliere dalla scintillante armatura ma nella vita reale. Mi sento invadere dal calore.

Gli do una piccola spallata. «Grazie.»

Mi guarda negli occhi e parla con la voce feroce. «Non è degno nemmeno di lucidarti le scarpe. Detesto sapere che stavi con un tipo del genere.»

L'ondata di affetto mi porta a dargli un mezzo abbraccio e lui mi mette il braccio sulle spalle. Nonostante il fatto abbia appena sperimentato il secondo momento più umiliante della mia vita (il primo è stata essere lasciata all'altare), mi sento quasi emozionata. Adam è venuto in mio soccorso nel modo più incredibile.

Alzo gli occhi su di lui. «Sei meraviglioso.»

«Stai bene?» mi chiede, con l'espressione ancora arrabbiata.

«Sì, va tutto bene.»

«Vuoi che ce ne andiamo?»

«Tra un po'. Non voglio che sia ovvio che me ne sto andando per colpa sua. Beviamo qualcosa e circoliamo.»

«Acqua?»

«Sì, grazie.»

Adam va verso il frigorifero nel patio per prendere altre

due bottiglie d'acqua. Io mi guardo attorno per la prima
volta, ma sembra che tutti siano tornati alle loro normali
conversazioni ora che non c'è più la possibilità di una zuffa.

Non riesco a credere di essere stata così beatamente igno-
rante riguardo alle vere intenzioni di Rob quando stavamo
assieme. Pensavo veramente che mi amasse. E se ogni uomo
mi vedesse in quel modo? Potrei pensare che sia una cosa
seria, mi chiederebbero di sposarmi e poi mi scaricherebbero
all'ultimo momento possibile dato che non è il matrimonio
che vogliono ma il sesso. Non ho mai voluto usare la mia
verginità come un'esca.

Adam viene verso di me col suo passo rilassato. Inaspettatamente, sento le farfalle nello stomaco e mi ritrovo a
sorridergli.

Mi porge una bottiglia d'acqua. «Per che cosa stai sorridendo? Pensavo che saresti stata arrabbiata.»

«La mia rabbia è neutralizzata dal fatto di avere un grande
amico come te.»

Adam mi osserva per un momento studiando la mia
espressione. Qualunque cosa veda deve averlo tranquilliz-
zato, perché apre la sua bottiglietta e beve un lungo sorso. Ho
gli occhi fissi sul suo pomo d'Adamo che si muove su e giù
nella sua gola virile e poi i tendini del collo su fino alla
mandibola squadrata con un velo di barba. Il mio respiro
accelera davanti al suo aspetto sexy. Ovviamente ho sempre
saputo che era attraente, ma questa volta è un po' diverso.
Sento un brivido.

Adam si china verso il mio orecchio e la sua voce è un
rombo che mi fa venire un brivido. «Pensi che la gente si sia
bevuta la storia del fidanzamento?»

I nostri sguardi si scontrano, così vicini, e l'aria tra di noi
sembra ronzare.

Ho la bocca secca. «Sì» gracchio.

Adam inclina la testa. «Bene.»

«Sì, bene» gli faccio eco.

Due donne, Julia e Yvette, che partecipavano al
programma master, si avvicinano per chiacchierare, ammi-

rano il mio anello di fidanzamento e mi tempestano di domande su come mi ha chiesto di sposarlo e da quanto tempo stiamo insieme. Sono entrambe brune, single e alla mano, come me. È facile raccontare come Adam e io ci siamo incontrati mentre lavorava a casa di mio fratello. Vanto le sue enormi capacità come falegname mostrando il suo lavoro online, mentre cerco di inventarmi una bella storia su come mi ha chiesto di sposarlo.

«Hai molto talento» dice Julia a Adam. «Allora, come le hai chiesto di sposarti? È stato un grande gesto romantico?»

«Romanticissimo» rispondo io per lui.

Adam annuisce ma non aggiunge nulla alla storia.

Mi precipito a descrivere la domanda di matrimonio come mi piacerebbe veramente che fosse. «Si è messo su un ginocchio e mi ha semplicemente parlato col cuore. È stato... *tutto.*»

Julia e Yvette si scambiano uno sguardo compiaciuto e poi si voltano a guardarmi sorridendo.

«È così coraggioso da parte tua, dopo *tu-sai-chi*» sussurra Yvette. «Non mi è mai piaciuto.»

«Aprire il proprio cuore è sempre un atto di coraggio» dico. «Altrimenti come si fa a lasciare entrare l'amore?» Mi volto a guardare Adam per farmelo confermare, ma la sua espressione è completamente chiusa. Immagino che non si senta a suo agio a parlare d'amore di fronte ad altra gente, anche se è una finzione. Mi rivolgo ancora alle mie amiche. «Adesso sono con la persona giusta ed è questo che fa la differenza.»

Il discorso si sposta velocemente su ciò che abbiamo in testa tutte, ora che abbiamo conquistato la Laurea Magistrale in Biostatistica: la ricerca di un lavoro. Adam resta con noi, ascoltando in silenzio. Quando finisco l'acqua, porta la bottiglietta vuota nel bidone del riciclaggio senza dire una parola.

Appena si allontana, Julia dice un accento esageratamente raffinato: «È alquanto affascinante».

Yvette annuisce.

Sorrido. «È proprio vero.» Ho un tono un po' sognante. Beh, va bene, dopotutto si suppone che sia fidanzata con lui.

Appena Adam ritorna al mio fianco le mie amiche mi abbracciano e mi salutano. Dopo questo ricevimento torneranno in città. Anch'io sono pronta ad andare.

«Devi tornare da Tank» dico a Adam. «Vado solo a salutare la professoressa Kurtz e poi potremo andarcene.»

«Certo.»

Mi faccio strada tra la gente che socializza cercando la professoressa Kurtz. Ho fatto ciò per cui ero venuta, ma c'è una cosa che mi tormenta. Il fatto che Rob abbia ammesso che mi ha chiesto di sposarlo solo per poter far sesso con me ha come acceso una lampadina. Devo occuparmi della gigantesca V rosa che ho stampato in fronte, o forse da qualche parte più in basso. In un modo o nell'altro, dare retta al consiglio di mia madre di aspettare fino al matrimonio è stato un enorme errore che sarà sempre più difficile da spiegare agli uomini man mano che invecchio.

Ho venticinque anni, per l'amor del cielo! La faccenda sta diventando imbarazzante. È colpa mia se non ho mai incontrato un uomo che mi abbia tentato a sufficienza da infrangere la mia regola? Nemmeno Rob. E che cosa dice di me il fatto che intendevo sposare un uomo per cui provavo affetto ma non passione? La verità è che di tutti gli uomini con cui sono uscita negli anni, alcuni baciavano veramente bene, ma non ho mai avuto la tentazione di superare il limite. È possibile che sia uscita con uomini da cui non ero super attratta solo perché era un modo facile per attenermi alla mia regola?

È una possibilità reale e piuttosto inquietante.

Chiaramente mi manca qualche nozione vitale per sbloccare la passione. O forse il problema è che non mi sono mai fidata di lasciare che un uomo andasse sotto la linea della cintura con la sicurezza che avrei potuto fermarlo, se necessario. Forse la passione si sblocca solo sotto l'ombelico. Uhm...

Alzo gli occhi su Adam e sento una scossa. Potenziale primordiale uomo-donna. Sento l'eccitazione con un contorno di nervosismo che mi fa sentire viva e sensuale. Adam è attraente, gentile e protettivo. Mi sento al sicuro con lui. Mmm...

Individuo la professoressa Kurtz e la ringrazio per la festa, abbracciandola per salutarla. È una donna brillante sui quarant'anni con i capelli biondi e gli occhiali. Fa sembrare facile insegnare all'università a tempo pieno e al contempo allevare due figlie.

«Kayla, è stato un piacere. Ti manderò per e-mail il nome di un contatto che ho alla Noon Pharmaceutical, nell'Indiana. Forse avranno qualcosa che va bene per te.» Sa che sto cercando un lavoro.

«Grazie, lo apprezzo veramente.»

«Non c'è di che e indicami pure come referenza in qualunque posto tu faccia domanda.» Tende la mano a Adam. «È stato un piacere conoscerti Adam. Spero di ricevere un invito per il vostro matrimonio. Kayla per me è speciale. Ha una mente brillante e curiosa.»

Ahi. «Certamente» dico.

Adam le stringe la mano e borbotta qualcosa di inintelligibile. È un principiante.

Gli afferro la mano, la stringo e poi torniamo in strada dove Adam ha parcheggiato la sua Mazda nera.

Appena siamo in auto sospiro di sollievo. «Missione compiuta. E anche se Rob è stato un totale somaro, mi ha solo reso più facile voltare pagina. Ovviamente non merita che sprechi un altro momento pensando a lui.»

«Vorrei ancora avergli dato un bel pugno.»

Lo guardo negli occhi fieri. Il mio protettore. «Ciò che hai fatto è stato più che sufficiente. Me ne sono andata dalla festa a testa alta e tutto ciò che la gente ricorderà sarà che Rob è stato un somaro che è corso via con la coda tra le gambe.»

Adam mette in moto, accende il condizionatore e parte accelerando piano. C'è una paziente tranquillità in lui. Scommetto che sarebbe paziente anche con la mia inesperienza. Sarebbe una specie di insegnante e potrebbe sbloccare ciò che mi sono persa: la passione. Solo l'idea del suo grande corpo muscoloso premuto contro il mio fa accelerare il mio respiro, mi fa battere forte il cuore e mi manda un'ondata di calore per tutto il corpo. Mmm, sono sulla strada giusta. Quando abbiamo ballato insieme al matrimonio di Wyatt, la settimana scorsa, c'era decisamente un feeling tra di noi. C'è il potenziale per qualcosa di più, sia pure senza impegno? So che non sono pronta per una relazione seria e, quando ci siamo conosciuti (e gli ho rivelato tutti i miei problemi), Adam ha commentato che la mia desolazione è l'esatta ragione per cui evita le relazioni. Potrebbe essere la soluzione perfetta.

Agito una mano con indifferenza anche se il mio cuore sta battendo forte. «Dico sempre agli uomini che aspetto il matrimonio per fare sesso. È la mia regola, ma, sai, penso sia ora che la infranga.»

Adam accelera così forte che sbatto la testa contro il poggiatesta. «Ahi!»

Adam

Kayla è una vergine di venticinque anni e adesso non vuole più esserlo. Io *non* avevo bisogno di saperlo. Non dovrei saperlo. E quella viscida serpe, Rob, l'ha spinta a un matrimonio affrettato solo per poter far sesso. Erano insieme solo da due mesi. Kayla mi ha raccontato tutta la storia: come l'avesse corteggiata, fiori, dolci, bigliettini romantici e così via. E la povera Kayla aveva creduto che il suo fosse vero amore.

Le do un'occhiata. Ha la testa china mentre giocherella con l'anello di fidanzamento che ha preso in prestito.

Stringo i denti. E poi quel bastardo ha avuto il fegato di tirare in ballo quella faccenda davanti a me, solo per umiliarla. «Ho una voglia matta di tornare indietro, rintracciare quello stronzo e dargli un pugno su quella faccia da sberle.»

Kayla si toglie l'anello di fidanzamento di sua sorella e lo ripone in un sacchettino beige. «Per quanto mi attiri, preferisco di no. La cosa importante è che sappia che ho voltato pagina.»

Ma non è così. Non sta frequentando nessuno, altrimenti

avrebbe chiesto a qualcun altro di aiutarla oggi. Non mi vede come un rischio per il suo cuore e a me sta bene, perché ha ragione. E non mi avvicinerò mai abbastanza perché diventi un problema. Questa storia dell'amicizia protegge entrambi.

Kayla sospira. «È stata orribile per te? La festa intendo.»

In effetti mi sono sentito come una rockstar. Kayla ha passato tutto il tempo a vantarsi delle mie capacità come artigiano. «Per niente. Non mi ero reso conto quanto avessi compreso di ciò che faccio.»

Kayla sorride. «Io ascolto. Mentre lavoravi a casa di Wyatt, non ho forse passato settimane chiedendoti che cosa stavi facendo e perché?»

Mi sento invadere dal calore. Vuole sempre sapere del mio lavoro e che cosa penso di tutto. È così intelligente e istruita, può parlare di qualunque argomento e ciò che sembra trovare più affascinante sono io. «Sì, è vero.»

Mi viene in mente che so pochissimo di lei. Più che altro mi ha fatto domande su di me. So che ha studiato Biostatistica, che è stata lasciata all'altare e che è una vergine che vuole cambiare quella condizione. Uffa, so già troppo.

«Non posso ringraziarti abbastanza per avermi aiutata oggi» dice. «Sei il migliore.»

Do un'occhiata al suo viso sorridente. *Bella*. Se ne fossi capace dipingerei il suo ritratto. Sono i suoi capelli scuri e lucenti in contrasto con la pelle chiara, quei grandi occhi castani, gli zigomi delicati e le labbra piene e imbronciate. Sento una scomoda fitta di desiderio.

Kayla ha accavallato le gambe, mettendo in mostra più pelle quando la gonna corta è risalita.

Pensa pensieri che raffreddano. Dovrei cercare una donna. È passato un po' di tempo.

Viaggiamo in silenzio, io che cerco di non notare il suo profumo floreale e la curva della sua guancia. Lei che guarda pensierosa fuori dal finestrino. L'unico suono è quella dell'album di una band che piace a entrambi, i Fitz Round. È in parte folk, in parte blues e in parte rock. A me piace il loro sound unico. A Kayla piace l'armonia delle loro voci.

Kayla si china in avanti e abbassa la musica. «Adam, ho un problema e penso che tu possa essere la soluzione.»

La mia mente corre e poi sbatte contro la cosa che non voglio che dica. *Non dirlo.*

E poi lei dice: «La mia verginità è diventata un peso».

Io tengo la bocca chiusa.

Lei continua, come se niente fosse. «È stato un errore aspettare tutti questi anni, motivo per cui vorrei che mi aiutassi a liberarmene.»

Sento una sirena d'allarme risuonarmi nelle orecchie: *pericolo, pericolo, pericolo.*

Kayla sospira. «Voglio dire, siamo buoni amici. Io mi fido di te, quindi so che non ho niente da temere.»

Non so qual è la cosa giusta da dire. No, ovviamente. Ma come faccio a spiegarle che non è perché non sia desiderabile (lo è fin troppo) ma è perché non posso lasciarmi coinvolgere in quel modo. Non sono l'uomo di cui ha bisogno. Lei è il tipo che si sposa. Me l'ha detto perfino suo fratello, per avvertirmi, in modo nemmeno tanto discreto, di starle alla larga. Mi andava bene perché non ci cascherò più.

«No, grazie» dico.

Lei si irrigidisce. «Beh, risposta educata. Posso chiederti perché?»

«No.»

Lei si passa le dita tra i capelli ed emette un gemito.

«Non è niente di personale» dico. «Dovresti aspettare l'uomo giusto, il tuo futuro marito.»

«È proprio quello il problema! Ho aspettato troppo. Mia madre mi ha dato questo orribile consiglio, dicendomi che il sesso era migliore se c'era amore, specialmente l'amore da sposata. Adesso ho questa V gigante sul petto!» Si batte il petto per enfatizzare la cosa.

Sto quasi per assicurarla che nessuno indovinerebbe che è vergine solo guardandola. Io non ne avevo idea e ho passato un mucchio di tempo con lei, quando lei continua: «Le mie sorelle mi hanno detto che mi sto perdendo qualcosa di bello. Affermano che la mamma ce l'aveva detto solo perché non voleva che finissimo incinte e abbandonassimo gli studi. Era diverso per lei dato che si era sposata a vent'anni. Sono una tale idiota! Guardatemi, a venticinque anni che imploro un amico di aiutarmi. Uffa!».

Detesto il fatto che se la prenda con se stessa. «Non sei un'idiota. E non era un consiglio orribile.» So qual è la differenza quando c'è l'amore. A volte vorrei non saperlo.

«Ho preso a cuore il consiglio di mia madre e ho aspettato troppo. Sono patetica.» Le si spezza la voce.

Allungo una mano e le stringo il braccio, dov'è coperto dalla manica, per stare sul sicuro. «Non sei patetica.»

Lei sbatte velocemente le palpebre e le trema il labbro. *Per favore non piangere.* «Sinceramente, finora non avevo pensato che aspettare fosse un grosso problema. Non mi sono mai sentita travolta, come se dovessi strapparmi i vestiti di dosso e rotolarmi nel letto come si vede nei film e in TV. Sai che cosa intendo, vero?»

Deglutisco. Mi sta dando troppe informazioni. «Sì.»

«Ma adesso sta interferendo con la mia vita sociale. È come se fosse un'informazione che devo dare prima che le cose vadano troppo avanti. Voglio solo che il problema sparisca e pensavo... Non importa.» Fa un lungo respiro tremante.

«Sono sicuro che succederà quanto sarà il momento giusto.» Sembra patetico perfino alle mie orecchie. Devo smetterla di parlare di sesso con lei. L'eccitazione involontaria del mio corpo rende veramente difficile ricordare perché devo mantenere le distanze. E poi la ferirei e sarebbe tutta colpa mia.

Kayla stringe le labbra in una linea dura. «Non posso più aspettare. Ho bisogno di prendere in mano la situazione.»

Sento risuonare campanelli d'allarme. Sembra seria.

Poi comincia a borbottare tra sé e sé elencando i single che conosce e io divento sempre più nervoso. Prende il telefono e comincia a far scorrere lo schermo. «O forse potrei provare una di quelle app di incontri di cui ho sentito parlare.»

Le prendo il telefono.

«Ehi!»

«No.»

Lei reagisce, offesa. «Scusa, ma hai rifiutato la mia proposta, quindi non sono più affari tuoi.»

«Col cavolo che non lo sono.» Ficco il suo telefono nella mia tasca posteriore e mi concentro sulla strada. Niente da fare. La sua prima volta non sarà con un tizio scelto a caso online.

Lei arriccia le belle labbra rosa. «Farò solo quello che serve. Sono stufa di aspettare e, sinceramente, sono curiosa di sapere che cosa c'è di tanto speciale.»

Curiosa? Direi avventata.

«Sei perfetta così come sei» dico in tono conclusivo. *Per favore, possiamo smettere di parlarne?*

Kayla resta in silenzio per un po' e riesco quasi a sentire le rotelline che girano nel suo cervello. Sta studiando il prossimo modo per risolvere il problema.

«Kayla, non c'è bisogno che faccia nulla. Questa *cosa* non è un problema.» Non riesco a dire verginità. Sembra troppo intimo tra due amici, anche se lei ha pronunciato la parola più volte.

Dopo un po' dice: «Oh-h-h, adesso capisco. Continuo a chiederti favori e non ti ho offerto niente in cambio».

«Non è quello» borbotto.

«C'è una nuova sega che stavi adocchiando? Immagino che per te le seghe siano come le borse per me. O potrei occuparmi di Tank, coccolarlo un po' quando sei via per lavoro. Servirebbe?»

«Non ho intenzione di prendere la tua maledetta verginità, quindi non serve che faccia niente!»

Lei sbuffa. «La mia *maledetta* verginità! Visto? Avevo detto che era un problema. Lo pensi anche tu, ma non vuoi aiutarmi. E pensavo fossimo amici.»

Riesco a malapena a non sbuffare a quella dichiarazione. «Ecco perché non ho amiche donne. Tu sei l'eccezione perché hai passato tanto tempo con me a casa di tuo fratello e adesso siamo imparentati.»

«*Non* siamo imparentati.»

«Tuo fratello ha sposato mia sorella.»

«Non significa che siamo imparentati. Puah, pensi che vorrei fare l'amore con un parente?»

Fare l'amore. Mio dio, quanto è innocente. «Quando non si è innamorati, è scopare okay? Riesci almeno a dirlo?» Sono sarcastico per farla smettere di parlare di quell'argomento.

Lei si china verso di me e con la voce bassa e sexy dice: «Scopare, scopare, scopare. Voglio che mi *scopi*, Adam».

Divento duro come il ferro e afferro più stretto il volante.

«Potremmo mantenere le cose informali, così nessuno si farà male» aggiunge.

Stringo le labbra per non dire quello che vorrei, cioè che finirebbe per rimpiangere il sesso con me. Lei crede di riuscire a mantenere le cose leggere e informali, ma non è fatta così. E non ho nessuna intenzione di permettere che la sua prima volta sia con un uomo a caso che potrebbe non trattarla bene. Lei è una brava persona, una persona eccezionale e questo significa che merita qualcuno che la tratterà come una regina. Non dico niente perché non sono affari miei.

Non dovrei nemmeno saperne niente.

E questo è esattamente il motivo per cui uomini e donne non possono essere amici, perché poi le donne parlano di sesso ed è tutto ciò a cui gli uomini riescono a pensare.

Alzo nuovamente il volume della musica, sperando che capisca che non ho intenzione di parlare di questo argomento né ora né in futuro.

Quando parcheggio all'Horseman Inn, dove vive, nell'appartamento sopra il locale, le ridò il telefono. E non riesco a fare a meno di dirle: «Non fare niente di stupido».

«So tutto sul sesso sicuro, Adam!» esclama Kayla. Scende dall'auto e se ne va quasi correndo, sparendo nel ristorante, dove c'è l'entrata del suo appartamento.

Appoggio la testa sul volante. Non va bene. Sono fortemente tentato di coinvolgere Wyatt per bloccare tutta questa faccenda. Lui le farà una predica e poi la controllerà come ha sempre fatto, intervenendo in ogni occasione. Non posso farlo. Kayla non mi perdonerebbe mai, ma qualcuno la deve fermare.

Sollevo la testa e riparto, uscendo dal parcheggio. Devo essere io a intervenire. Ma come posso riuscire a impedirle di contattare altri uomini senza essere io il candidato principale?

Le mie labbra si curvano in un sorriso. *Ha scelto me.* Non ho intenzione di accettare, ma è un onore essere scelto in quel modo. Dolce Kayla. Ovviamente mi occuperò di lei.

Mi viene in mente che tutto ciò che devo fare è scoraggiarla e farle dimenticare la sua missione per un po'. Non resterà qui a lungo. Sta cercando un lavoro nel campo farmaceutico. Si trasferirà dovunque sia il suo nuovo lavoro. Nella nuova società incontrerà un collega biostatistico o un qualche altro tipo di scienziato, si sposerà e poi farà l'amore da nerd. Mi piace pensarla con un nerd. Non so perché. Kayla è tutt'altro che un'imbranata. Lei è una dea.

Guadagnare tempo, ecco qual è il piano.

3

Il giorno dopo, verso mezzogiorno, sto guidando verso casa con il mio vicino, Levi, dopo una rilassante mattina di domenica passata a pescare sul lago Summerdale. Levi ha due anni meno di me, capelli castani lunghetti, la barba ed è il nostro sindaco. È anche un residente di terza generazione di Summerdale. Io sono alla quarta.

«Aspetti qualcuno?» mi chiede quando svolto nel mio viale.

C'è una Corvette rossa con una targa della Florida parcheggiata davanti a casa mia. Non conosco nessuno in Florida. Potrebbe essere un'auto a noleggio.

«Probabilmente è uno dei nostri vicini che ha compagnia» dico, anche se provo una strana sensazione di disagio.

Scendiamo dall'auto e apro il bagagliaio in modo che lui possa prendere la sua canna da pesca e la sua cassetta.

«Alla prossima» dice, dirigendosi verso casa sua.

Lo saluto con un cenno della testa, chiudo il bagagliaio e vado nel mio garage per ritirare la mia attrezzatura. Ho avuto una notte per dormirci sopra e mi sento molto meglio riguardo a tutta la storia di *Kayla con una missione*. Era solo arrabbiata e aveva reagito male vedendo il suo ex. Sono sicuro che tornerà in sé una volta che si sarà calmata e tutta questa faccenda del volersi liberare della verginità non sarà più nemmeno un problema. Non lo è stato per tutto questo tempo, giusto? Le cose torneranno presto alla normalità.

Apro la porta della cucina, entro e resto impietrito. C'è un mazzo di fiori in un vaso sul tavolo della cucina e non ce l'ho messo io. Inoltre Tank non mi è corso incontro abbaiando. Abbaia sempre quando sente qualcuno che entra.

«Tank?»

Sento le sue zampe che raspano sul pavimento di legno per arrivare da me e poi *lei* entra nella stanza e io divento di ghiaccio.

«Ciao, fidanzato favoloso» dice Amelia, agitando le dita. Sento una scarica di adrenalina. La mia ex è tornata da Panama e si è sistemata come fosse a casa sua. Tank va di corsa da lei e le appoggia la grossa testa sulla gamba. Ecco perché non ha abbaiato. Probabilmente si stava facendo coccolare da Amelia. Dopotutto, da cucciolo era il suo cane.

Quando parlo la mia voce è roca. «Che cosa ci fai qui?» Lei indossa un lungo abito colore arancio brillante con le spalline sottili che mette in mostra il décolleté. C'è uno spacco nel vestito che finisce sul fianco e lascia intravedere la sua lunga gamba abbronzata. Vedo tutta quella pelle in mostra e non provo assolutamente niente. Amelia ha distrutto tutto quando se n'è andata allegramente l'anno scorso.

Lei mi fa segno di sedermi al tavolo della cucina e io mi muovo lentamente. Lei si siede al suo solito posto, di fronte alle porte del patio sul retro. Surreale. È come se non se ne fosse mai andata. Tank si sistema sotto il tavolo, probabilmente sperando che appaia presto del cibo.

Mi siedo accanto a lei. Da vicino sembra stanca, logora. È malata? È per questo che è tornata? I capelli biondi sono opachi e più lunghi di quanto li portava normalmente. Le arrivano fino a metà schiena. Ha delle rughe intorno agli occhi verdi e l'espressione esausta. Voglio che se ne vada da casa mia ma non le auguro alcun male.

«Stai bene?» le chiedo.

Lei fa un gran sorriso. «Sto bene grazie. Panama non ha funzionato.»

«Okay» dico lentamente.

Lei alza le braccia in un gesto come per dire "eccomi". «Quindi sono tornata e mi dispiace veramente di essermene andata in quel modo. Rimpiango veramente le mie azioni. Immagino di essermi fatta prendere dal nervosismo e...» Sospira, cercando di sembrare contrita. «Ho avuto un po' di tempo per pensarci e, come ho detto, mi dispiace.»

«Che cosa è successo con Gary?» È il tizio con cui se ne era andata.

«Si è trasferito in Venezuela per la sua prossima avventura.»

«E non ti ha invitato a seguirlo?»

Lei aggrotta la fronte per un attimo, ma riprende velocemente l'espressione tranquilla. «Non volevo andare. Mi sono resa conto che mi mancavi e volevo tornare a casa.»

Sì, giusto. «È veramente quello il motivo?»

«Cos'altro potrebbe essere?» Dà un'occhiata sotto il tavolo. «Mio dolce Tank, mi sei mancato anche tu.»

Mi sento stringere lo stomaco. «L'hai regalato a me. Adesso è mio.»

Lei alza gli occhi, sorridendo serena. «È nostro. Adam so che ci vorrà del tempo, ma se riuscirai trovare il modo di perdonarmi, mi piacerebbe veramente tornare qua e riprendere da dove abbiamo lasciato. Ho tenuto l'anello.» Alza la mano mostrandomi il diamante taglio *princesse* su una fascia di platino che mi era costato tre mesi di salario.

Lo shock di vederla a casa mia svanisce poco per volta e comincia la rabbia. Amelia, che mi ha strappato il cuore dal petto e l'ha calpestato mentre se ne andava, ora si sta comportando come se niente fosse. I quattro anni insieme, il nostro fidanzamento, il fatto che mi abbia tradito con un tizio a caso che aveva conosciuto in ufficio e sia partita per Panama. Era così maledettamente allegra quando se n'era andata, dicendo che era finalmente con un uomo che capiva l'avventura e sapeva come divertirsi.

Alzo una mano. «Dammi l'anello.»

Lei tira indietro la mano. «Era un regalo. Non puoi riprendertelo.»

«E voglio anche la mia chiave.»

Amelia fa il broncio. «Perché fai così? Non puoi nemmeno darmi la possibilità?»

Stringo i denti e poi mi viene in mente un'idea che farà sparire ogni speranza che ha di tornare insieme e le darà un assaggio della sua stessa brutale medicina. «Adesso sono fidanzato, e lei non sarebbe contenta di sapere che sei qui. Adesso ridammi la chiave e l'anello e poi te ne devi andare.»

Amelia va in soggiorno, prende la sua borsa, fruga dentro e trova la chiave. Si strappa l'anello dal dito e lascia cadere entrambi gli oggetti sul tavolo. «Non sono stata via per molto. Con chi ti sei fidanzato?»

Parlo a denti stretti. «Te ne sei andata più di un anno fa.» Ovviamente pensava che l'avrei aspettata.

«Chi è?»

«Non la conosci.»

Lei incrocia le braccia sul petto. «Almeno io non mi sono fidanzata. Ho solo avuto dei ripensamenti. Hai veramente intenzione di andare fino in fondo?»

«È quella l'idea quando ci si fidanza.» Mi alzo, vado alla porta e la tengo aperta per lei.

Lei mi segue a passo più lento fermandosi davanti alla porta. «Voglio conoscerla. Devo essere sicura che ti meriti.»

«Non sono più affari tuoi.»

«Lo scoprirò. La mia famiglia ha affittato una casa sul lago per tutta l'estate. In questo momento non sto lavorando.» È così che ci eravamo conosciuti. Era una dei vacanzieri. Comodo per lei trasferirsi di nuovo da me: scaricata di recente, disoccupata e senza casa. Neanche per sogno.

«Addio Amelia.»

Chiudo la porta alle sue spalle e lascio andare il fiato. Alla faccia di un tuffo nel passato. Mi passo le mani tra i capelli. Se resterà per tutta l'estate prima o poi la incontrerò. La città non è molto grande. Tutte le attività si concentrano intorno al lago;

anche tutte le strade convergono lì. Lei sa quali posti frequento.

Un'idea brillante mi fa inaspettatamente venire la pelle d'oca. Sono stato il finto fidanzato di Kayla per il suo ex e lei voleva restituirmi il favore. Le chiederò di essere la mia finta fidanzata quest'estate, per tenere Amelia fuori dai piedi. Inoltre questo eliminerà completamente qualsiasi possibilità abbia Kayla di far sesso con un uomo a caso. È la soluzione perfetta. Cioè, se Kayla la pensa ancora allo stesso modo.

Prendo il telefono dalla tasca dei jeans. È come se fosse una specie di assicurazione, una rete di sicurezza per la mia buona amica Kayla. Sono un maledetto genio.

Le mando un messaggio per vedere se si è già alzata. Di solito dorme fino a tardi.

Kayla: *Sono sveglia.*

Io: *Incontriamoci davanti all'Horseman. Ho una proposta da farti.*

Kayla: *Certamente!*

Io: *Parto adesso.*

Kayla: *Perfetto!*

Sorrido tra me e me. È sempre così entusiasta. Sembra che si senta già meglio dopo l'incontro con il suo ex. Sono sicuro che sarà una splendida finta fidanzata per me, specialmente visto il modo in cui si vanta di me con tutti. Non guasta il fatto che sia una dea. Per niente. Non guasta proprio.

Kayla

È così eccitante! Adam aveva solo bisogno di dormirci sopra e adesso ci sta! Porto una mano sul cuore che sta cercando di uscirmi dal petto. Che cos'altro potrebbe significare che ha una proposta da farmi, dopo avergli chiesto di prendere la mia verginità? Voglio porre delle condizioni in modo che nessuno si faccia male. È veramente un grand'uomo.

È sbagliato essere così eccitata davanti alla prospettiva di fare sesso con un uomo che so che non vuole una relazione? Immagino che vada bene se entrambi siamo consci che non è una cosa seria. Ma significherà la fine della nostra amicizia? Spero di no. Adam è un tipo discreto, molto equilibrato e lo sono anch'io. È un rischio, ma quando penso a fare questo passo, beh, l'unica persona che mi viene in mente è Adam.

Che cosa dovrei indossare? È una faccenda importante. Importantissima!

Frugo tra i miei vestiti appesi cercando l'abbigliamento più sexy che ho. In questo momento ho una maglietta rosa e jeans corti. Un abitino? Questo miniabito verde chiaro è carino, anche se il top non è oltre le righe, con le sue maniche ad aletta e una modesta scollatura a V.

Aspettate, sta venendo qua? Do un'occhiata al mio letto singolo con la trapunta rosa a pois bianchi che ho portato da casa. Non mi sembra abbastanza sexy per questo grande momento.

Il telefono squilla con un messaggio. È arrivato. Non ho più tempo!

Mi affretto a scendere temendo che cambierà idea e se ne andrà. Spalanco la porta della cucina, saluto in fretta il personale ed esco dalla porta sul retro.

Ho le gambe che sembrano gelatina mentre svolto l'angolo del grande edificio rivestito di assicelle bianche del ristorante e bar che per me sono sia il posto di lavoro sia l'abitazione. Questo vecchio posto è l'Horseman Inn fin dal 1788. Immaginate tutti i bei momenti che le persone hanno passato nelle stanze al piano di sopra quando era una locanda. Adesso è *finalmente* il mio turno.

Alzo una mano per salutarlo e mi rendo conto che sto tremando. Adam mi rivolge uno dei suoi rari sorrisi che gli illuminano il volto e resto momentaneamente stordita dalla sua bellezza virile. Ha una t-shirt grigia, tesa sulle spalle ampie, e jeans sbiaditi che aderiscono in modo perfetto. Ho sempre saputo che era attraente, perfino sexy, ma non mi ero mai permessa di immaginare che cosa avrebbe potuto significare in senso fisico. Adesso è tutto ciò a cui riesco a pensare. Lo desidero più di chiunque altro abbia mai desiderato in vita mia. In qualche modo so che Adam è la chiave per sbloccare la passione dentro di me.

Lo raggiungo un po' senza fiato. «Ciao.»

«Ehi. Possiamo fare due passi? Vorrei un po' di privacy.»

«Potremmo salire di sopra, a casa mia.»

Lui guarda il lago dall'altra parte della strada e ispeziona le case intorno per un momento. «Sì, okay. Casa tua è probabilmente meglio.»

«Perfetto!» Gli afferro la mano e a lui non sembra dispiacere. Torniamo alla porta sul retro e attraversiamo la cucina per arrivare all'ingresso del mio appartamento.

Lo chef carino, Spencer, mi fa l'occhiolino e sorride mentre passiamo, come se sapesse che cosa ho in mente di fare, portando un uomo nella mia stanza. Poveretto, non sa che è la prima volta che faccio una cosa simile. Sono euforica ora che sto facendo il primo passo verso il mio obiettivo. Mi sono finalmente lasciata alle spalle il fatto di essere stata lasciata all'altare. Ho chiuso quella porta e sto per aprirne una nuova. Sono nervosa? Certamente. Ma si tratta di Adam, il mio amico, il mio protettore, il mio primo amante (spero).

Porto Adam nella mia piccola camera da letto. È praticamente l'unica stanza nell'appartamento, oltre al bagno. Il soggiorno viene usato come magazzino per il ristorante e io uso la cucina di sotto.

Mi siedo sul letto e liscio la coperta. Adam è ancora sulla soglia.

«Vieni qua» dico.

«Sto bene qui.»

Aggrottò le sopracciglia. *Non è quello che pensavo fosse?*

Adam mi fissa con i suoi occhi castani. «Ricordi di aver detto che ti sarebbe piaciuto restituirmi il favore di aver recitato la parte del fidanzato davanti al tuo ex?»

«Certo.» *Un favore sessuale? È il suo modo discreto per parlare della mia verginità?*

Adam incrocia le braccia, stringendo le labbra. «La mia ex si è rifatta viva. Le ho detto che ero fidanzato, quindi potresti fingere di essere la mia fidanzata?»

Sorrido. «Ti copro le spalle.» È ciò che aveva detto quando ha aiutato me. Adam evita le relazioni serie, quindi questa donna deve essere un'appiccicosa di prima categoria.

Adam entra nella stanza e sembra molto più rilassato. «Perfetto. Lo apprezzo veramente.»

Do un colpetto sul letto accanto a me. «Raccontami la storia della tua ex in modo che sia preparata.»

Adam resta in piedi a un metro di distanza. «Non c'è molto da dire. Se n'è andata l'anno scorso e adesso è tornata. Vuole riprendere da dove eravamo rimasti e io le ho detto di no.»

«Dove eravate rimasti?»

«È importante?»

«Certo che è importante. Devo sapere perché dovrei odiarla.»

Lui fa un sorrisino prima di distogliere gli occhi. «Eravamo fidanzati.»

Spalanco gli occhi per la sorpresa. Era *fidanzato*? Non pensavo che fosse un tipo da relazioni serie. Deve aver evitato le relazioni a causa del dolore provato allora. Ha murato il suo cuore per autodifesa. Vorrei abbracciarlo, ma intuisco che adesso ha più bisogno di un'alleata.

«So già che è lei la cattiva in questo dramma» dico. «Come si chiama e che cosa ti ha fatto?»

Adam si lascia cadere sul letto accanto a me e guarda dritto davanti a sé. «Amelia Baxter. Siamo stati insieme per quattro anni. Le ho chiesto di sposarmi, pensando che non ci fosse nessuna ragione per non farlo. Non pensavo che potessimo lasciarci. Sì, litigavamo ma facevamo sempre pace.»

Gli metto un braccio sulle spalle e stringo forte. «Quattro anni sono tanto tempo.»

Lui stringe le labbra. «Già. Quindi eravamo fidanzati.

Tutto andava bene con l'organizzazione del matrimonio e si era appena trasferita da me. Poi, di punto in bianco, dice che ha intenzione di lasciarmi. Che partirà per un'avventura a Panama con un consulente che ha conosciuto in ufficio. Poi mi ha chiesto se mi sarebbe dispiaciuto prendere Tank.»

«Ha lasciato il suo cane? Che donna malvagia!»

Adam appoggia i gomiti sulle ginocchia. «Tank non avrebbe sopportato il caldo tropicale. Quindi sì, praticamente è tutto qui. Una settimana dopo è morto mio padre e io ho passato momenti veramente bui.» È successo un anno fa. Sua sorella, Sydney, parla spesso del padre defunto.

«Oh, Adam mi dispiace. Sembra che tu fossi molto unito a tuo padre.»

Si raddrizza. «Sì, è così. Dopo la morte della mamma, papà ha fatto del suo meglio per essere tutto ciò di cui avevamo bisogno.»

Mi si stringe il petto. Il dolore di Adam deve essere stato orribile, tra la perdita del padre e quella della fidanzata dopo quattro anni insieme. I miei *due mesi insieme e lasciata all'altare* impallidiscono al confronto. E comunque è stato difficile per me. Che coppia siamo! Quelli feriti, con un muro intorno al cuore. Detesto ammetterlo, perché non provo veramente più nulla per Rob, ma per ora non ho comunque intenzione di mettere a rischio il mio cuore.

Appoggio la testa sulla sua spalla. «Devi essere stato distrutto quando è successo.» Mi raddrizzo e mi volto verso di lui. «Non ne avevi mai parlato finora.»

Lui mi fissa negli occhi dandomi una scossa. Non siamo mai stati seduti così vicini. Provo una strana sensazione, una nuova consapevolezza.

«Adam?»

«Per me è difficile parlarne.»

Sbatto gli occhi, confusa per un momento. Ah, sì, sta dicendo perché sento parlare di questa triste storia per la prima volta. «Non mi dispiace fingere di essere la tua fidanzata. Che cos'avevi in mente, esattamente?» Di solito lo capisco bene senza bisogno che parli, ma questa volta ho bisogno che sia chiaro.

I suoi occhi passano dalla mia guancia alla mandibola e poi alle labbra. Mi sento invadere dal calore con un'intensità sorprendente. Di colpo desidero che mi baci. Lo desidero, punto. Non sono mai stata così certa di qualcosa in vita mia.

Adam si lascia andare all'indietro sul letto e fissa il soffitto. «Vuole conoscerti. Non sono sicuro che creda veramente che sono fidanzato e non ho veramente voglia di avere a che fare con lei per tutta l'estate. La sua famiglia ha affittato una casa sul lago. Voglio che recepisca il messaggio e volti pagina.»

Tutta l'estate? A questa rivelazione il mio cervello imbocca una strada pericolosa. Non so se starò qui per tutta l'estate, potrei ottenere un lavoro abbastanza presto, ma, se così fosse, Adam e io fingeremmo di essere una coppia fidanzata per un tempo piuttosto lungo. È solo l'ultima settimana di maggio. E se saremo vicini, se ci toccheremo come una coppia, il prossimo passo naturale non sarebbe che la mia prima volta fosse con lui?

Mi sdraio sul fianco accanto a lui appoggiando la testa sulla mano. «Allora, vuoi che finga di essere la tua fidanzata per tutta l'estate?»

Adam volta la testa e mi guarda. «So che è chiederti molto. Tu mi hai chiesto di farlo solo per una festa. Non sei obbligata a...»

«Lo farò, con piacere. A una condizione.»

Lui mi guarda diffidente. «Che condizione?»

«Deve succedere la cosa di cui abbiamo parlato ieri.»

«Kayla.»

«Adam.»

Lui apre la bocca, probabilmente per protestare, ma alzo una mano bloccandolo. «È la mia unica condizione. Non posso farlo con qualcun altro mentre tutti credono che siamo fidanzati. In pratica mi stai togliendo dal mercato per mesi.» *E io voglio solo te.*

«Diremo la verità alla nostra famiglia.»

«Sto parlando di uomini single che mi eviteranno perché penseranno che sono fidanzata. Non ho intenzione di andare a letto con la nostra famiglia.» Gli do uno spintone sulla spalla. «Anche se Drew sembra gentile.» È suo fratello maggiore. Lo vedo regolarmente all'Horseman Inn, un vero duro, ex Ranger dell'esercito e cintura nera, con un cuore d'oro.

Adam si mette seduto di colpo e stringe gli occhi. «Non Drew.»

Mi siedo anch'io. «Calmati. Stavo scherzando.»

Adam continua a fissarmi. «Come fai a pensare che Drew sia *gentile*? È burbero con tutti.»

«Perché si interessa sempre di Sydney e le chiede come va al ristorante. È una cosa carina. È un bravo fratello maggiore.»

«Lo sono anch'io.» Sembra offeso. «Solo perché non la controllo... È una donna adulta che sa quello che fa.»

«Non ho detto che tu non sei gentile. Penso che tu sia molto carino ed è il motivo per cui sono venuta da te per primo.» Gli sorrido. «Sta funzionando tutto perfettamente, non credi?» Visto? Sono capace anch'io di fare le proposte.

Adam guarda diritto davanti a sé, poi si volta a guardarmi e poi torna a guardare in avanti. Sta decisamente prendendo in considerazione di accettare la mia condizione. Sono lieta di parlare benissimo il linguaggio *adamesco*.

Mi sento improvvisamente timida. Non so come dare inizio a questa cosa tra di noi, ma siamo già seduti su un letto. Non dovrebbe essere troppo difficile. «Adesso è un buon momento per te?»

«Un buon momento per che cosa?»

Mi chino verso di lui. «Siamo già a letto insieme.»

Lui balza in piedi. «Non ho detto di essere d'accordo.»

Mi alzo anch'io piantandogli le mani sui fianchi. «Ehi, dirai a tutti che siamo fidanzati per l'intera estate. Il minimo che tu possa fare è stare veramente con me, almeno una volta, per aiutarmi.» Alzo la testa. «E non vedo perché non potremmo cominciare proprio adesso.»

Adam guarda la porta e poi torna a guardare me. «Mi stai

dicendo che non fingerai di essere la mia fidanzata se non faccio sesso con te?»

«Sì.»

Lui si passa una mano sulla faccia e fa un profondo respiro.

Mi cadono le spalle. Ho esagerato. Avrei semplicemente dovuto dirgli che avrei recitato la parte. Dopotutto lui ha fatto la stessa cosa per me. L'unica differenza è la durata. E sarebbe così brutto passare l'estate con Adam? L'attrazione chimica ci farebbe comunque finire a letto assieme. Non può essere una cosa a senso unico, no?

Sento il cuore pesante ricordando l'ultima volta in cui abbiamo fatto questo gioco e ho dovuto obbligarlo a toccarmi. Merda. È a senso unico. È il motivo per cui sta esitando.

Adam mi dà un'occhiataccia e io mi faccio forza aspettandomi il suo rifiuto con gli occhi fissi sul suo torace. «Se dovessi accettare...» comincia a dire.

Alzo la testa, con la speranza che si fa strada.

«Dovremo farlo a modo mio.»

«Significa che mi vuoi anche tu?»

«Gesù, Kayla, dici sempre cose simili ad alta voce?»

Che Adam, l'esperto, sia un po' puritano? «Mi trovi desiderabile?»

Adam invade il mio spazio personale e appoggia la sua mano grande sulla mia guancia. È il suo modo di dire sì. «A modo mio, okay?»

Gli butto le braccia intorno al collo. «Okay, lo faremo a modo tuo.» Non è che io abbia un *mio* modo. Non ho assolutamente esperienza in questo campo. «Qual è il tuo modo?»

Adam sfiora il mio labbro inferiore con il pollice fissandomi intensamente. «Ci vuole tempo perché due persone si sentano a proprio agio insieme.»

La mia voce esce sospirosa. «Ma io mi sento già a mio agio con te. Parliamo continuamente.»

Lui si stacca. «Sì, ma mi chiedi solo di me e del mio lavoro. Adesso tocca a me conoscerti. Dobbiamo prenderci del tempo in modo da essere entrambi a nostro agio. Vuoi che mi senta anch'io a mio agio vero?»

Sto diventando sospettosa. Mi sta solo assecondando? Gli ho già detto che sono a mio agio e lui sembra sempre rilassato quando è con me. «Quanto tempo?»

Il suo sguardo scende dalla mia bocca al seno, ai fianchi e alle gambe fino a raggiungere i piedi nudi. Sento nascere il calore ovunque guarda. Lui rialza la testa di colpo. «Parecchio. Devi essere completamente pronta. Ci sono delle fasi.»

«Fasi?» ripeto senza fiato.

Adam arretra verso la porta. «Sì. Ad esempio, fase uno: perfezionare il bacio. Fase due: toccarsi; e così via. Ci può volere un po', ma ne vale la pena. Come amico è mio dovere mostrarti come funziona. Sai, nel modo giusto.»

Mi avvicino. «Sembra una cosa carina ma io, in effetti, vorrei arrivare al sodo.»

Per un momento, sembra nel panico e ho la sensazione netta che voglia scappare. Poi riprende il controllo dicendo con calma: «Non puoi affrettare le cose se vuoi che sia bello».

Ci penso. Ovviamente voglio che la mia prima volta sia bella, ma sono anche ansiosa di capire che cosa c'è di tanto speciale. «Quanto ci vuole per completare le fasi?»

Adam fa un altro passo indietro verso la porta. «Un mese. Minimo.»

«Aspetta. Cominciamo adesso la fase uno.»

«Si fa a modo mio, ricordi? Sabato ti porterò fuori a cena per la nostra prima apparizione come coppia di fidanzati. Qui all'Horseman Inn. Bisogna che un sacco di gente in città ci veda insieme. In questo modo so che la notizia arriverà alla mia ex.» Sorride. Con gli occhi che si illuminano diabolici. «Magari detesterà vedermi così felicemente fidanzato e mi lascerà in pace.»

Vado da lui. «Mi piace l'aspetto della vendetta.» Gli stringo il bicipite. È come marmo caldo. «Non vedo l'ora di avere il nostro primo appuntamento.»

Adam apre la bocca e poi la richiude prima di voltarsi e scendere di corsa le scale.

Era un commento sulla parte del primo appuntamento? Era una sua idea quella di passare del tempo insieme per prepararsi. Non sono ancora convinta che ne abbia bisogno per sentirsi a suo agio. Cioè, chi è la vergine qui? Adam si ferma in fondo alle scale e si volta a guardarmi. «Metti l'anello di fidanzamento di tua sorella.»

Annuisco e gli mando un bacio.

Lui scuote la testa, ma colgo lo stesso il suo sorriso quando si volta, aprendo la porta con una spinta. Sta funzionando meglio di quando mi aspettassi. Spero solo che non mi faccia aspettare troppo.

Adam

Resto seduto in auto per un momento, un po' stordito dalla piega degli eventi. Non so come, ma il mio semplice piano per avere una finta fidanzata si è complicato. Ed è diventato anche pericoloso. Sesso. Un appuntamento.

Espiro sbuffando. È il mio primo vero appuntamento in più di un anno e sembra più pericoloso che non accettare di introdurre Kayla al sesso. Non che io intenda arrivare fino in fondo con il suo piano. La tirerò in lungo finché dovrà partire per il suo nuovo lavoro. Quanto a me, mi sono sempre limitato a incontri casuali anche se sono mesi che non mi viene voglia di rimorchiare qualcuno in un bar. Sin da quando...

Oh, diavolo. Che cos'ho fatto?

E adesso, come farò a spiegarlo a Wyatt?

4

Kayla

Ammetto che avere il primo appuntamento con Adam all'-Horseman Inn non sembra un vero appuntamento. Cioè, lavoro qui e vivo al piano di sopra. Ed è una vita che lui frequenta il locale. Poi mi dico che fa tutto parte del suo piano di fingere di avere una fidanzata, unito al mio di sperimentare finalmente la passione. Ci stiamo aiutando a vicenda e ho accettato di farlo a modo suo.

È sabato sera e di solito starei lavorando, ma ho scambiato il turno con un'altra cameriera, prendendo quello di giovedì. Mi sono persa la serata del Club del Vino con Jenna e Audrey (la serata delle donne) al bar. Anche Sydney non c'era, dato che era in luna di miele a Bora Bora con Wyatt. È suo fratello Drew che sta gestendo il bar-ristorante al suo posto, dato che l'aveva già fatto prima di cederlo a lei. È super gentile. Non m'interessa se la gente dice che è burbero.

Sto aspettando Adam nel piccolo foyer del ristorante. Mi sono vestita nel modo più sexy possibile. Posso anche essere inesperta, ma ho visto in TV come funziona. È stato difficile trovare un abbigliamento rivelatore nel mio guardaroba. Mi piacciono gli abiti semplici ed eleganti che non vanno mai fuori moda. Il mio vestito bianco a sottili righe rosa ha le spalline sottili e una scollatura a V che mette in evidenza il mio décolleté. Spero che sia abbastanza seducente per dar inizio alle fasi di seduzione che Adam ha promesso. Ho aggiunto un reggiseno push up senza spalline per avere un po' di aiuto in quel settore. Il vestito si stringe in vita e finisce alle ginocchia. Sfortunatamente ho un po' freddo con l'aria condizionata e sono fortemente tentata di risalire e prendere il mio cardigan rosa, ma coprirei troppa pelle, quindi resisto.

Non sono mai stata una seduttrice. Incrocio le braccia, tentando di scaldare le mani gelate. Sono decisa ad andare avanti nonostante stia tremando dentro. È naturale sentirsi nervosi quando si sta tentando qualcosa di nuovo, no?

Adam ha detto che questa sera avremmo cominciato la prima fase. Perfezionare il bacio. Non riesco a credere che mi faccia andare così piano. Tutta questa attesa mi sta rendendo ancora più nervosa. Immagino che quando si è già fatto sesso, aspettare non sembri questo gran problema. Ora che ho deciso di buttarmi, voglio che succeda il più presto possibile.

E se il nostro prima bacio fosse orribile?

Accidenti, non ho mai preso in considerazione quella possibilità. Sarebbe così imbarazzante e poi dovrei spiegare, senza offenderlo, perché dobbiamo smettere di puntare al mio obiettivo. Potrebbe essere orribile. Probabilmente *si offende-rebbe* e rovineremmo la nostra amicizia. Sarebbe furioso in eterno al pensiero che lo ritenga un pessimo baciatore. Gli uomini prendono davvero sul serio cose come questa. Mmm, in passato, potrei aver detto la cosa sbagliata a un tizio solo per far smettere i suoi baci maldestri.

E se invece fosse un bacio meraviglioso? Il tipo di bacio con la passione che si vede nei film. Quel tipo di bacio potrebbe essere fantastico. E se fosse quello il caso, vorrei continuare a tutto vapore. Sono quasi sicura sarebbe perfetto. Tra di noi c'è sicuramente una forte attrazione.

Mi illumino. Se il nostro primo bacio sarà appassionato forse si lascerà coinvolgere e passeremo alla parte seria. Saprei finalmente perché se ne parla tanto e non mi sentirei così strana. Ricevere una proposta di matrimonio solo per arrivare a fare sesso mi ha veramente aperto gli occhi. Voglio liberarmi per sempre di quell'incentivo per gli uomini.

Prendo il telefono dalla piccola borsa nera di Prada, regalo di compleanno di Wyatt. Ancora cinque minuti prima di cominci l'operazione "soddisfare Kayla", cioè il nostro appuntamento. *Oh, è in anticipo*. Non avevo detto che ci si può fidare che mantenga i suoi impegni?

Adam entra e i suoi occhi castani fissano intensamente i miei. Sento le farfalle nello stomaco e il polso che accelera. Di colpo sembra veramente un primo appuntamento. I suoi occhi scendono alle mie labbra, alla gola, alle spalle nude, soffermandosi per un attimo sulla scollatura prima di ritornare in fretta in alto. La mia pelle brucia.

«Ciao» dice, con la voce roca.

Io sorrido. «Ciao, sei bellissimo.» Indossa una camicia blu scuro a righine con le maniche arrotolate, jeans scuri e scarpe marroni di pelle. Si è messo in ghingheri per il nostro appuntamento.

Il suo sguardo passa dai miei occhi alle guance e finalmente alle labbra. «Anche tu.» Abbassa la testa verso il mio orecchio e dice con la voce profonda e rombante: «Mi piace il tuo vestito».

Rabbrividisco per l'eccitazione. Solo per aver sentito la sua voce profonda così vicina. È molto promettente.

«Hai freddo?» mi chiede. «Ho una felpa in auto.»

Scuoto la testa. «Sto bene.» Mi rivolgo a Sam, che ha appena cominciato a lavorare qui, durante la pausa estiva del college: «Siamo pronti per il nostro tavolo».

Sam prende due menu e ci accompagna a un tavolo per due accanto alla finestra, un posto perfetto perché da lì si vede il lago Summerdale. Ora che vivo sopra l'Horseman Inn, al centro della città, vedo come è stata progettata bene questa comunità. C'è un lago al centro, circondato da alberi. Più indietro c'è un anello di case e poi come raggi di una ruota le strade che conducono ai negozi, alle scuole, alle chiese e alle altre case. Mi piace questa città e spero di poter rimanere. Mio fratello abita qui insieme a sua moglie, Sydney (e adoro entrambi), e adesso ho degli amici. Vado a trovare fin troppo spesso Jenna nella sua pasticceria, Summerdale Sweets, e mi sono unita al club del libro di Audrey in biblioteca. Lei è la bibliotecaria e ha un ottimo gusto in fatto di libri. Inoltre ho conosciuto un sacco di brava gente all'Horseman Inn. Tutto però dipenderà da dove troverò lavoro. Ho fatto domanda in parecchi posti, alcuni in New Jersey, alcuni a New York City, uno a Boston e uno nell'Indiana.

Adam mi sorprende estraendo la mia sedia e poi accostandola per farmi sedere. Wow, sembra veramente un appuntamento.

«Grazie» mormoro.

Lui fa un cenno con la testa e si siede davanti a me.

Sono così impaziente che vorrei quasi dirgli quanta voglia ho di passare alla prima fase. Mi sforzo di fare l'indifferente.

Adam si mette in grembo il tovagliolo di carta e prende il menu. Lo imito cercando di comportarmi come una vera fidanzata. Se lo fossimo veramente ci comporteremmo in modo disinvolto cenando fuori.

Adam alza gli occhi. «Nuovo menù. Piuttosto particolare.»

«È il nuovo concetto "dal campo alla tavola" che hanno adottato Sydney e Wyatt. Qualità invece di quantità e tutto il più fresco possibile.» Mi chino in avanti sperando di mettere in evidenza il mio décolleté. «Adam?»

Lui dà un'occhiata al mio petto e lo indica sussurrando: «Riesco a vedere il tuo reggiseno».

Bene. «Hai pensato a che cosa faremo dopo cena?»

Lui riporta in fretta lo sguardo sui miei occhi. «Potremmo fare una passeggiata intorno al lago, se vuoi.»

«Mi piacerebbe.» Una passeggiata romantica intorno al lago mentre la luna si riflette sull'acqua scintillante. Adam ha organizzato un appuntamento favoloso. Non avrei mai pensato che potesse curarsi di essere romantico. È un bonus!

Sto per menzionare con aria indifferente un bacio alla luce della luna, quando la nostra cameriera, Ellen, una donna vivace sui sessant'anni si ferma a chiederci cosa vogliamo bere.

Ci fa l'occhiolino. «Adam, non sapevo che uscissi con Kayla. Non è adorabile?» Mi indica col dito. «Mi piace il tuo vestito, tesoro.»

«Grazie» le rispondo e poi ricordo il nostro piano. Tendo la mano con l'anello. «Siamo fidanzati.»

«Oh mio Dio,» esclama Ellen, «che notizia meravigliosa!» Abbraccia prima Adam e poi me. «Congratulazioni!» Si guarda attorno; ci sono solo due coppie sedute dall'altra parte della sala, altra gente al bar e gruppi più numerosi nella sala sul retro. «Gente, Adam e Kayla sono fidanzati!»

Le coppie nella sala da pranzo anteriore applaudono educatamente. Ellen corre al bar, probabilmente per condividere la notizia con la barista, Betsy. Un momento dopo, Betsy si avvicina per congratularsi con noi. È giovane, ha i capelli rosa e una quantità di piercing.

Ellen si unisce a lei ed entrambe restano lì a fissare Adam con un sorriso meravigliato sul volto.

«Pensavo che non ti saresti mai più fidanzato» dice Betsy.

Adam borbotta qualcosa che non riesco a capire. Questo è il punto in cui dovrebbe decantare il nostro amore. Resisto alla tentazione di dargli un calcio sotto il tavolo.

Sorrido. «Quando è giusto è giusto. A volte l'amore arriva quando meno te lo aspetti.»

Adam mi guarda con gli occhi dolci e sembra quasi che provi veramente qualcosa per me. Le farfalle nel mio stomaco prendono il volo e il battito accelera.

Ellen lo indica col pollice. «Immagino che avrai notato che è un tipo silenzioso, ma sai cosa dicono delle acque chete.»

Betsy gli dà una stretta sulla spalla. «Ho perso la mia occasione con lo scapolo più sexy di Summerdale» dice facendomi l'occhiolino.

Il collo di Adam diventa rosa.

Ellen gli arruffa i corti capelli castani e lui se li liscia immediatamente rimettendoli a posto. «Lo conosco da quando portava i pannolini. Dolce come pochi. Sono veramente felice che voi due vi siate trovati.»

E se ne va sorridendo.

«Di nuovo, congratulazioni» dice Betsy. «Vi manderò dello champagne.»

«Grazie!» esclamo.

Betsy se ne va, agitando le dita per salutarci.

Mi chino in avanti sul tavolo. «Astuto, andare in un posto dove ti conoscono da quando portavi i pannolini. Sono sicura che la notizia si spargerà in fretta.»

Adam scuote la testa. «Immagino di sì. Anche se credo che Ellen mi veda ancora come un bambino.»

«Ricorda semplicemente con affetto com'eri. Sono sicura che eri adorabile.» Abbasso la voce a un sussurro. «Tra parentesi, aspetto veramente con ansia il nostro bacio della buonanotte.»

Lui spalanca gli occhi e non risponde. Che cosa sta pensando? È raro che non lo capisca. Sembra quasi sorpreso all'idea.

«Fase uno, ricordi?» sussurro. «Perfezionare il bacio. Capisco che è importante familiarizzare prima del grande evento, quindi faremo a modo tuo. Ma non vorrei veramente rimandare l'inizio, altrimenti potremmo sprecare un mese intero lavorando verso un obiettivo che finirà per deluderci.» Aveva detto che tutte le fasi avrebbero richiesto un mese come minimo.

Un muscolo si contrae sulla sua mandibola. «Non resterai delusa.»

Mi ringalluzzisco. «Hai avuto molte amanti?»

Lui si guarda attorno si china sul tavolo. «Non è una conversazione appropriata per un primo appuntamento. Cioè per una coppia fidanzata.»

Mi chino verso di lui. «Scusa, l'ho dimenticato per un momento. Mmm, che profumo porti? È così fresco e sa di legni preziosi.»

«Tu profumi di fiori.»

Sorrido. «Quindi ci siamo entrambi spruzzati con fragranze seducenti. Ti senti attratto, Adam?»

Lui si tira indietro e torna al menu, rifiutandosi di guardarmi. Mi guardo attorno. Siamo abbastanza lontani dalle altre coppie da assicurarci la privacy.

Tengo la voce bassa. «Sono troppo aggressiva? Sono nuova in questa faccenda della seduzione.»

Lui si proietta in avanti e sussurra ferocemente: «Smettila di parlare di seduzione. Sono io l'uomo, tocca a me sedurre».

Mi raddrizzo, sbattendo un paio di volte le palpebre. Adam non è mai brusco con me. Devo aver accidentalmente calpestato il suo ego maschile. Vuole essere lui a condurre il gioco. Ma sono venticinque anni che aspetto e non vedo l'ora di cominciare. Beh, in realtà sono sette anni, da quando ho cominciato a pensare seriamente al sesso, mentre la gente intorno a me cominciava a praticarlo. E Adam ha chiaramente definito le fasi, rendendomi più sicura del cammino che ho davanti, come seduttrice e non come una donna tanto inesperta da essere imbarazzante.

Guardo fuori dalla finestra pensando alla passeggiata intorno al lago che faremo più tardi. Giuro che se non fa una mossa stasera dirò basta. Prenderò in mano la situazione, gli getterò le braccia intorno al collo e lo bacerò. Ho bisogno di qualcosa in cui sperare per non impazzire con tutta questa attesa. Solo un assaggio di passione. È chiedere troppo?

Torno a guardarlo e lo vedo che mi guarda speranzoso. Mi viene in mente che vuole che riconosca il suo livello di esperienza e che è giusto che sia lui a dare il via alle cose. «Sarò lieta di lasciar decidere a te.»

«Bene.»

Ellen torna con il nostro champagne continuando con i suoi commenti entusiastici. Finora mi piace essere la fidanzata di Adam.

Ci elenca i piatti del giorno e ordiniamo subito. Sappiamo entrambi quali sono i nostri piatti preferiti. Adam sceglie l'hamburger di manzo Kobe, decisamente un miglioramento rispetto al vecchio hamburger, e io scelgo il pollo arrosto e le patate. Ho le mentine in borsa per ciò che verrà dopo.

Alzo il bicchiere. «A noi e alla nostra eterna felicità.»

Adam fa cin-cin con il suo bicchiere. «A noi.» Beviamo entrambi un sorso.

Mi fissa negli occhi per un lungo momento. Questi sguardi profondi sono nuovi. È eccitato quanto me riguardo alle fasi della seduzione? Resto in silenzio permettendogli di decidere lui le mosse.

Alla fine dice: «Che cosa ti piace della Biostatistica?».

Beh, non sono parole molto seducenti. Avevo veramente sperato che avrebbe dato immediatamente inizio al nostro eccitante percorso. «È un campo in cui sono brava e mi piace sapere che il mio lavoro può aiutare la gente. È importante essere sicuri di cosa funziona e cosa no nelle nuove cure per le malattie. Io analizzo i dati.»

Lui continua con una domanda dopo l'altra, con la voce bassa che a un estraneo potrebbe far sembrare che sia una conversazione romantica (se non riuscissero a sentire chiaramente le parole). Ho intenzione di ottenere un dottorato di ricerca? Che cosa faccio nel mio tempo libero? Com'è stato crescere a Princeton, New Jersey? Come mi trattavano i miei fratelli maggiori? Com'è il mio rapporto con mia madre? Ho mai praticato sport? Il mio ricordo preferito? Il mio secondo nome? Libro e film preferiti?

È più di quanto mi abbia mai chiesto. Sembra veramente interessato al fatto che non ho intenzione di ottenere un dottorato di ricerca, che mi piace leggere e che guardo in continuazione show con protagoniste intelligenti e forti e che Princeton mi piaceva. Rispondo alle altre domande mentre mangiamo e gli chiedo le stesse cose, ma sembra che lui voglia solo conoscere me.

Finisco la cena e gli rivolgo un sorriso malinconico chinandomi verso di lui in modo che nessuno possa sentire la nostra conversazione privata. «Okay, adesso sai che sono molto unita alla mia famiglia, che tutti mi hanno trattata bene perché ero la più piccola, che ero capitano della squadra di hockey su prato, che il mio ricordo più bello è quando abbiamo vinto il campionato statale, che il mio secondo nome è Marie, che mi piace Harry Potter, i libri, non i film. E non ho un film preferito. Adesso posso finalmente sapere qualcosa di te?»

Adam fa un sorrisino. «Il mio secondo nome è Christopher.»

Fingo di strangolarlo e lui ride.

«Sai già di me tutto quello che devi sapere» dice. «Amo il mio lavoro e la mia famiglia e ne sai abbastanza di entrambi. Non c'è nient'altro di cui valga la pena parlare.»

So che ha perso sua madre quando era un adolescente. Io ho perso mio padre quando avevo sette anni. Abbiamo in comune la perdita precoce di un genitore. Non ne parlo. Ne sappiamo entrambi abbastanza grazie ai nostri fratelli.

Arriva il conto e Adam estrae la carta di credito per pagare.

«Grazie per la magnifica cena, mio adorabile fidanzato» dico a voce alta.

Le sue labbra si curvano in un sorriso. «Prego.»

«Faccio un salto di sopra per prendere un golfino prima della nostra romantica passeggiata intorno al lago.»

Lui sbatte gli occhi un paio di volte, sembrando sorpreso. Non è quello che ha detto che avremmo fatto?

«Solo un momento» dico attraversando la sala posteriore, la cucina e salendo le scale per andare nel mio appartamento. Già che ci sono ne approfitto per lavarmi i denti prima di prendere il cardigan rosa.

Quando scendo Adam si alza e mi indica di precederlo. Usciamo. Fa più fresco ora che il sole è tramontato e sono lieta di essere salita a mettermi qualcosa di più caldo.

Guardo il lago. «Oh, guarda, c'è la luna piena.» È decisamente un segno romantico.

«Alla fine dell'estate c'è la regata al chiaro di luna. Vanno tutti con le barche a remi verso il centro del lago con bastoncini luminosi, torce LED e lanterne. È una festa.»

«Voglio farlo anch'io. Sembra fantastico.»

Adam non mi invita, ma sono sicura che lo farà se sarò ancora qui alla fine dell'estate.

Attraversiamo il parcheggio e poi la strada per arrivare al

sentiero che porta intorno all'acqua. C'è un po' di litorale sabbioso, ma noi restiamo sul vialetto fiancheggiato da alberi, più vicino alle case.

Gli prendo la mano. È calda e un po' ruvida per via del suo lavoro. Mi piace. Ci siamo tenuti per mano anche la settimana scorsa ma ero troppo agitata perché aspettavo di vedere il mio ex e non ho veramente notato molto. Ora che ci stiamo avviando verso l'intimità non riesco a fare a meno di pensare a come sarebbero le sue mani sulla mia pelle nuda. Sto morendo dalla voglia di scoprirlo.

«Ti vedo passeggiare qui» dico. «Sempre al tramonto.»

«Tank non sopporta il calore per via del suo muso schiacciato. Gli rende difficile regolare la temperatura. Devo aspettare che rinfreschi un po'.»

«E poi a volte ti ho visto portarlo in braccio alla tua auto. Sembra pesante.»

«Sì, è un carrarmato. È da quello che deriva il suo nome. A volte decide semplicemente che non vuole più camminare e si rifiuta di muoversi.»

«Sei sicuro che voglia fare le passeggiate?»

«È importante che faccia esercizio.»

Scuoto la testa. «Quanto pesa?»

«Venticinque chili.» Toglie la mano dalla mia e flette il bicipite. «Come credi che abbia ottenuto questi?»

«Tank-allenamento.»

«Esatto.»

Non riprende la mia mano e sono un po' seccata. Esco dal sentiero per andare verso l'ombra di un grande albero. È ora di quel bacio.

Adam mi segue. «Sei stanca di camminare? Devo portarti in braccio?»

Sorrido. «Sì, devi portarmi indietro in braccio.» Aspetto senza fiato che mi prenda in braccio e mi riporti al ristorante.

Lui si mette su un ginocchio davanti a me dandomi la schiena. «Sali.»

«Adam, indosso un vestito, non posso salire a cavalluccio con questo vestito.»

«Certo che puoi.»

Sospiro, rialzo il vestito e salgo sulla sua schiena. Si alza e aggancia le braccia dietro le mie ginocchia nude. Mi assicuro che il vestito mi copra il sedere e mi aggrappo. In effetti è piuttosto piacevole. È super caldo e il suo profumo è così buono...

«Andiamo piccolo Tank.»

Gli do una botta sulla spalla. «Non puoi chiamare carrarmato una donna!»

«Se si comporta come un carro armato...»

«Non osare dire che sembro un carro armato.»

Il rombo della sua risata vibra attraverso la schiena cui sono appoggiata. È divertente.

Mentre torniamo, incrociamo una famiglia, coi genitori che spingono un bambino e una bambina sulle automobiline giocattolo di plastica. I bambini suonano i clacson.

«Ingorgo stradale» dice Adam girando intorno a loro.

«Buona serata» dico io.

«Anche a voi» rispondono i genitori.

«Adoro questa città» dico a Adam.

«Sì, ma te ne andrai presto.»

Sospiro. «È probabile. Dovrò andare dove trovo lavoro, ma tornerò decisamente spesso. Wyatt abita qui e anche tu.»

Lui resta in silenzio.

Raggiungiamo il parcheggio e Adam mi fa scendere accanto alla sua auto. Lo guardo speranzosa.

Lui indica il retro dell'auto. «Questa è la parte in cui ti spingo sul sedile posteriore e ti metto la cintura di sicurezza per cani.»

Mi strappa una risata. «Quindi questa è la fine del nostro appuntamento?»

«A meno che tu voglia fare qualcos'altro.»

«Forse potremmo tornare a casa tua e potrei salutare Tank.» *E poi potresti sedurmi.*

«Un'altra volta.»

Mi avvicino e alzo il volto verso di lui chiudendo gli occhi. Passa un lungo momento. Non si è allontanato. Riesco a sentire il suo calore, il suo respiro, il suo profumo fresco e legnoso e poi finalmente mi appoggia la mano sulla guancia. Il mio polso accelera. Mi tira indietro i capelli e le dita sfiorano il punto sensibile dietro l'orecchio.

Mi appoggio alla sua mano, godendomi il tocco che sparisce presto.

Mi dà un bacio casto sulla guancia. «Buonanotte.»

Spalanco gli occhi di colpo. Se ha intenzione di andare così piano, ci vorranno un mucchio di appuntamenti, altrimenti non arriveremo mai al punto. «Voglio un altro appuntamento. Domani. Suggerisco di andare a casa tua. Cucinerò io.»

Adam sembra diffidente. «Sarebbe meglio un picnic nel parco. Porterò Tank. Andrà bene se sceglieremo un posto ombroso.»

Non è particolarmente intimo, ma ha accettato un altro appuntamento. «Okay. Chiederò al ristorante di preparare un cestino per il nostro picnic.»

Lui inclina la testa. «Vuoi che ti accompagni dentro?»

Indico il ristorante e il breve percorso. «Posso arrivarci da sola.»

Adam si ficca la mani in tasca. «Okay.»

Abbasso la voce a un sussurro. «Ti muovi sempre così lentamente quando esci con qualcuno? Solo un bacio della buonanotte sulla guancia? Ti avevo già baciato sulla guancia in passato.»

«Io non esco con nessuno.»

Oh no. «Ti astieni dal sesso?» Allora non funzionerà. Avrebbe veramente dovuto dirmelo subito. Io ho solo ipotizzato che fosse tornato in sella, dopo i danni provocati dalla sua ex fidanzata.

Adam spalanca gli occhi prima di chinarsi verso di me. «Shh! Dio mio, Kayla, hai mai sentito dire che ci sono cose di cui non si parla in pubblico?»

Sbuffo, esasperata. «Siamo solo noi.»

«Siamo fuori da un ristorante in una città dove tutti mi conoscono.»

«Quindi non ti astieni?» sussurro.

«Buonanotte, Kayla.» Traduzione: *niente da fare*.

Lo abbraccio. «Grazie per l'appuntamento. Sono ansiosa di uscire ancora con te.» *E di fare un passo avanti nella seduzione. Per favore, non farmi aspettare un intero mese.*

Mi abbraccia per un momento troppo breve di calore inebriante e la sua voce mi romba nell'orecchio. «Sei stata una perfetta finta fidanzata stasera. Grazie.»

Sorrido felice. «Ci vediamo domani.»

Torno nel ristorante, sentendo i suoi occhi su di me. Spero significhi che gli piace ciò che vede.

Ma quando torno nel mio piccolo appartamento e ripenso alla conversazione, comincio a vedere le cose in modo diverso. Se normalmente non frequenta nessuno e non è casto, significa che fa solo sesso casuale. Allora perché insiste ad aspettare un mese di lenta seduzione con me? Perché sono speciale per lui oppure sta solo cercando di rimandare il mio obiettivo sperando che rinunci? Mmm... Nessuna delle due alternative mi sembra giusta. Dev'essere perché sono vergine. Sta andando piano per assicurarsi che sia a mio agio.

Che uomo perfetto!

5

Adam

Sono la persona peggiore al mondo. Imbrogliare Kayla, mantenere le distanze solo per respingerla alla fine. Non ho intenzione di portare a termine il suo piano sexy, ma non voglio vederla con qualcuno che non la tratterà nel modo giusto.

Mi sto occupando di lei come un amico. Non dovrei sentirmi così in colpa.

«Andiamo, Tank. È ora di funzionare da cuscinetto.» Tank è un bulldog inglese di quattro anni, con i denti inferiori sporgenti, guance bavose e anche larghe. In origine era il cucciolo di Amelia, quando ci siamo messi insieme. Adoro questo cane. È l'unica cosa buona rimasta dopo l'implosione di quella relazione. Il pelo corto è marrone fulvo con una macchia bianca su un orecchio, la fronte, il muso e il petto.

Tank non si muove al mio comando. È la creatura più pigra che esista. Invece mi guarda con i grandi occhi marroni e un'espressione che dice *ancora con questa faccenda di uscire?* È praticamente un gatto domestico. Lo sollevo, mettendolo fuori dalla porta e sul prato. Si muove lentamente nel vialetto verso la mia auto, dove lo sollevo e lo metto sul sedile posteriore, mettendogli la cintura di sicurezza per cani. Poi metto in moto e apro i finestrini per tenerlo al fresco.

Vado a prendere Kayla e poi andremo nella parte più lontana del lago, dove c'è un parcheggio e molta ombra per Tank. Il fatto è che se non rallento il piano di Kayla, almeno fingendo di stare al gioco, ci sono altri uomini single in città che lei potrebbe avvicinare in segreto. Sembra molto decisa. Chissà, magari si è incontrata in privato con Spencer, il nuovo chef assunto da Sydney. Sarebbe facile farlo salire di nascosto nel suo appartamento. E non è l'unico single. Il veterinario è divorziato. Brav'uomo, circa della mia età. Ci sono anche un paio di insegnanti delle superiori.

Svolto in Lakeshore Drive. In effetti, ora che ci penso, quando ha un po' di tempo libero, Kayla va spesso a Clover Park, una città oltre il confine col Connecticut. Lì c'è un bar con un nome che fa sembrare che sia pieno di single che cercano di rimorchiare: Happy Endings, lieto fine. Io di solito vado un po' più lontano in modo da non imbattermi per caso in donne con cui ho fatto sesso, ma Kayla, che cosa sta facendo? Un elenco degli uomini con il potenziale di toglierle la verginità? Diavolo, no!

Inoltre dovremmo essere fidanzati. Quella donna mi fa ammattire con tutto quel parlare di sesso. Non capisce che è perfetta esattamente così com'è?

Entro nel parcheggio dell'Horseman Inn e lei mi sta già aspettando fuori, con un frigorifero portatile rosso con il nostro pranzo. Ha i capelli raccolti in una coda di cavallo e sembra perfino più giovane, dolce e innocente. *Virginale.* Il mio polso accelera. Lei sorride e mi saluta con la mano.

Alzo la mano per salutarla e parcheggio, scendendo per aiutarla con il frigorifero. Indossa una blusa color oliva, ampia, con le maniche al gomito. Niente di sexy, ma gli shorts neri sono *corti*. Gambe setose nude nei sandali bassi. Unghie dipinte di rosa.

Sento la bocca secca, mi mancano le parole. Tutto ciò che riesco a fare è prendere il frigorifero e indicarle l'auto. Lei mi bacia la guancia. «Salve, straniero.»

«Ciao.»

Non c'è pericolo che si innamori di me, vista la mia totale mancanza di finezza. Di solito sono meglio di così. Non riesco nemmeno a mettere insieme due parole per farle un complimento. Che cosa dovrei dirle, *belle gambe*? Meglio tenere la bocca chiusa.

Metto il frigorifero nel bagagliaio e salgo in auto. Lei è già seduta e parla con Tank. «Spero ti piaccia il bacon.»

Lui si china verso di lei, annusando come un pazzo. Lei tende la mano e Tank cerca di leccarla. Kayla la tira indietro, ridendo e poi mi fisa, con gli occhi che scintillano di buonumore.

Sono ipnotizzato.

«Spero che vada bene se gli do un pezzettino di bacon» dice. «Pensavo che avrebbe dovuto godersi anche lui il picnic.»

Mi do mentalmente una scossa, metto in moto ed esco dal parcheggio. «Sì, va bene.»

«In quale parco andiamo? Ne ho visti parecchi in città, la maggior parte in periferia.»

«I fondatori si sono assicurati di salvaguardare parecchio terreno quando si sono sistemati qui negli anni Sessanta. Pensavo di andare dall'altra parte del lago dove c'è un parco con molta ombra.»

«Oh, avremmo potuto attraversare il lago in barca, come in un film romantico. Hai un giubbotto di salvataggio per Tank?»

«Sì, ma è più semplice andare in auto.»

«La prossima volta dovremmo prendere una barca, vivere a pieno il lago. Se non ne hai una...»

«Ne ho una. Praticamente tutti in città hanno una barca a remi o una canoa.»

«Io sono un disastro con la canoa. Sono andata in gita una volta, alle superiori e ci siamo ribaltati tre volte. È difficile mantenere l'equilibrio in due, coordinando i movimenti.»

La mia mente va immediatamente in un posto sconcio: due persone, movimenti ritmici e coordinati. Ahi...

«Hai dei colloqui in programma?» le chiedo. Ecco. Prima se ne andrà, per il suo lavoro, prima potrà trovare uno scienziato nerd da sposare e con cui fare sesso.

«Ne ho uno in città mercoledì.» Città, qui da noi, significa automaticamente New York City, l'unica città che vale la pena di menzionare qui in giro. «Non mi affascina l'idea di andare avanti e indietro e gli affitti lì sono così costosi, quindi non è la mia prima scelta. Ma non si sa mai. Cerco di non essere prevenuta. Credo sia importante trovare il lavoro giusto dato che è lì che si passa la maggior parte del tempo, no?»

«Già.»

«Posso farti una domanda personale?»

Mi irrigidisco. Ricomincerà a parlare di sesso. È peggio di Tank con un osso. Lui sta annusando sul sedile posteriore, probabilmente sente l'odore del bacon nel frigorifero.

«Fa caldo qui?»

«Io sto bene. Forse avresti dovuto indossare i pantaloni corti invece dei jeans. Vuoi tornare indietro e cambiarti?»

«No, sto bene così.»

Lei accarezza la manica corta della mia t-shirt nera, sfiorandomi il braccio con le dita morbide. «Il tessuto sembra traspirante, quindi non credo che la maglietta sia un problema.»

Fa decisamente caldo qui. Alzo i finestrini e accendo al massimo l'aria condizionata. Controllo lo specchietto retrovisore e vedo Tank che si china verso l'aria che arriva dalle bocchette di aerazione.

«Parlami di tutti i posti a cui hai mandato il curriculum» le dico.

«Ma io avevo una domanda per te.»

«Tocca a me adesso conoscerti. Ricordi?»

Kayla sospira. «Okay, ma non vedo il motivo di parlarti di tutti i posti. Non so nemmeno se mi chiameranno per un colloquio. C'è molta concorrenza per pochi posti.»

«Parlamene comunque.»

Lei lo fa e io sospiro di sollievo. Una bella conversazione su argomenti neutri come la ricerca farmaceutica e i tipi di cure su cui stanno lavorando in tutto il paese. Una delle cose che apprendo è che non vuole allontanarsi troppo dalla sua famiglia. Sua madre e sua sorella Brooke vivono nel New Jersey, l'altra sorella, Paige, a New York e Wyatt vive qui. Vuole restare a una distanza raggiungibile in auto da loro.

«L'Indiana non è a distanza di auto» le faccio notare.

«Undici ore e mezza» dice. «Ho controllato, ma il volo è breve. Non è l'ideale ma la mia compagna di stanza del college vive lì, quindi almeno avrei un'amica. Comunque è ancora tutto da definire.»

«Bene, tienimi al corrente. Ogni colloquio, ogni offerta. Voglio saperlo.»

«Davvero?»

«Certo.»

«Okay» mi dice lei con calore. «E tu tienimi al corrente sui tuoi progetti. Sai che mi piacciono i tuoi lavori.»

Sento il calore che mi sale dal collo. È la mia fan più accanita. «Grazie, lo farò.»

Lei mi sorride radiosa. «Sono così contenta che ci stiamo aiutando a vicenda in questo modo. È a questo che servono gli amici, no?»

Grugnisco. Molto presto questa donna mi odierà per averla imbrogliata.

Kayla

Adam ha trovato un ottimo posto per il nostro picnic, sotto un gruppetto di betulle e aceri. Non sono riuscita a chiedergli se sta andando piano perché sono vergine, ma va bene così. Sono piuttosto sicura che sia quello il motivo. Speravo di discuterne e poi gli avrei assicurato che sono pronta e che non dobbiamo andare piano. In effetti, accelerare le cose probabilmente ridurrebbe il mio nervosismo, ma parlare apertamente di sesso sembra metterlo a disagio. Chi immaginava che sarebbe stata l'inesperta tra i due a parlarne senza difficoltà, mentre il Signor Esperienza non vede l'ora di cambiare argomento?

Comunque mi piace stare con lui. Oggi ho saputo che gli piace pescare e ha promesso di portarmi a fare la mia prima battuta di pesca. Lo guardo mentre stende una vecchia trapunta blu scuro e Tank si mette immediatamente a suo agio proprio al centro.

«Non così in fretta» dice Adam, spostandolo in un angolo. Tank alza la testa, sembra sbuffare e si allunga un'altra volta.

«Puoi togliere il cibo dal frigorifero? Vado a prendere dell'acqua per Tank.»

«Ci penso io.» Mi sono fatta aiutare dal nuovo chef del ristorante, Spencer. È carino e gli piace flirtare, ma non è niente di personale. Lo fa con tutte.

Poco dopo i nostri piatti sono pronti con pollo allo spiedo, insalata verde e una baguette appena sfornata. Tank solleva la testa, annusando l'aria.

Appoggio il mio piatto e prendo una fetta di bacon dal frigorifero. «Non ti ho dimenticato, amico.» Gattono verso di lui e gli offro il bacon. Lui lo prende delicatamente dalla mia mano e lo ingoia in un sol boccone. Gli accarezzo la testa e lui si volta, mi annusa la mano e cerca di leccarla. La tiro indietro. «Non ho bisogno di un bagno canino prima di mangiare, grazie tante.»

Do un'occhiata a Adam da sopra la spalla e lo becco che mi sta fissando il sedere. Sorrido. Gli shorts stanno facendo il loro dovere. Lui volta la testa di scatto, quasi fosse timido. È così? È silenzioso, ma avevo immaginato che, semplicemente, non fosse un chiacchierone.

Gattono verso di lui e gli faccio il solletico.

Lui non sorride nemmeno e mi fissa negli occhi. «Non soffro il solletico.»

«Io lo soffro da matti. Non provarci nemmeno.» *Toccami.*

«Ho preso nota.»

Reprimo un sospiro e mi siedo a mangiare, voltandomi verso il lago, con le sue onde dolci che lambiscono la riva.

Ci sono alcune barche in lontananza, con le vele bianche

che brillano, e qualche kayak. Probabilmente c'è altra gente oltre la curva, sulla riva opposta.

Adam è silenzioso, quindi ho parecchio tempo per pensare ai prossimi passi. Se è timido, la seduzione non sarà veloce. D'altro canto, se tutto ciò che fa è sesso casuale, allora deve sapere come concludere l'affare, per così dire. È un paradosso. Vorrei veramente sapere che cosa gli passa per la testa. Pensavo di conoscerlo bene prima di cominciare a parlare di sesso.

«A che cosa stai pensando?» gli chiedo.

«A niente.»

«Io sto pensando a te. Sei un paradosso. Hai fatto intendere che fai solo sesso casuale dopo la rottura del tuo fidanzamento, eppure...»

«Parlami di com'era crescere essendo la più giovane della famiglia.»

Mi chiede sempre di me quando non vuole parlare di sé. Okay, se parlare di me lo fa sentire più a suo agio riguardo la seduzione, immagino di potergli dire com'è stata la mia vita. Quindi gli parlo di Wyatt e di come è stato quasi un padre per me dopo la morte del nostro. Mi ha insegnato ad andare in bicicletta, mi ha dato un sacco di consigli sulla scuola e mi ha anche insegnato l'autodifesa. Poi c'è la mia sorella maggiore, Paige, che mi comandava a bacchetta, ma che mi aveva prestato il suo vestito preferito per il ballo di fine anno della terza media. Brooke e Paige litigavano come cani e gatti e poi si sfogavano con me, la piccola di casa, dicendo quanto fosse orribile l'altra. Io ero contenta semplicemente perché mi includevano.

«Bello» dice Adam.

È tutto ciò che dice dopo aver parlato di me per tutto il pranzo. Rimetto i piatti nel frigorifero e getto i pochi avanzi di cibo in un cestino della spazzatura accanto alla pista ciclabile.

Quando torno, Adam è sdraiato con le mani sotto la testa e guarda il cielo attraverso i rami degli alberi. La sua t-shirt verde scuro tira sul torace in modo seducente. Sono tentata di sdraiarmi accanto a lui ma ho la sensazione che si rimetterebbe immediatamente seduto. Invece colgo un botton d'oro e mi siedo accanto a lui a gambe incrociate.

«Per te, timidone.» Gli metto il fiore tra i capelli, proprio sopra l'orecchio.

Lui lo afferra e si siede, fissandolo. «Mi hai messo un fiore tra i capelli?»

Annuisco.

Adam m'infila il fiore sopra l'orecchio. «Gli uomini non portano i fiori. E io non sono timido.»

Mi sposto per guardarlo e i nostri occhi si fissano da vicini. Mi manca il fiato. Nelle sue iridi marroni ci sono pagliuzze dorate. «Bene.»

Il suo sguardo si abbassa sulle mie labbra. «Bene?»

Infilo le dita tra i capelli morbidi sulla nuca. «È un bene che tu non sia timido.»

Adam abbassa la testa e io chiudo gli occhi, quasi vibrando nell'attesa. Lui mi sfiora con un bacio l'angolo della bocca. Sento una scossa a quel breve tocco.

«Adam?» dice una voce femminile.

Lui si irrigidisce e si volta lentamente verso una bella donna con lunghi capelli biondi, una canottiera rossa, shorts di jeans e infradito. È in piedi ai bordi della nostra coperta. «Ehi, Amelia.»

È la perfida ex che ha rotto il loro fidanzamento per scappare a Panama con un altro uomo! Mi trasformo immediatamente nella fidanzata adorante e mi appoggio al fianco di Adam.

Lei spinge in alto gli occhiali da sole dalla montatura bianca e mi fissa mentre parla con Adam. «Stavo passando e pensavo di aver riconosciuto la tua auto.» Mi rivolge un sorriso che non arriva fino agli occhi. «Tu devi essere la nuova fidanzata.»

Io sorrido e alzo la mano, mostrandole il luccicante anello di fidanzamento di mio sorella. «Sono io. Kayla. È un piacere conoscerti, Amelia.»

Lei stringe le labbra. «Da quanto tempo vi frequentavate prima che ti chiedesse di sposarlo?»

Mi volto verso Adam, sorridendo. Tocca a lui rispondere.

Adam mi prende la mano, intrecciando e dita con le mie. «Che importanza ha? Siamo fidanzati. Fine della storia.»

Lei si acquatta per accarezzare il grosso fianco di Tank, che sta dormendo. «Immagino che una proposta frettolosa indichi precipitazione. Non sei mai stato un tipo frettoloso, Adam. È una delle cose che mi piacevano di più di te. Il modo in cui ti prendevi tutto il tempo per garantire la *soddisfazione*.» Le ultime parole sono pronunciate in un tono sensuale.

Stringo gli occhi. Sta giocando la carta del sesso, ricordando a entrambi ciò che avevano. «Io di certo non ho reclami da fare riguardo alla camera da letto.» *Perché non ci siamo ancora arrivati. Ah-ah.*

Lei sbuffa e si alza. «Così volgare.»

Adam sorride. «Kayla è molto aperta e sincera. È una delle cose che mi piacciono di più in lei.»

Diversamente da te, traditrice!

«Ohh, grazie.» Gli sfioro le labbra con un bacio e desidero immediatamente qualcosa di più. I nostri sguardi collidono in un momento di attrazione elettrica. Oddio, *succederà*, eccome!

Tank piagnucola. Alzo gli occhi e vedo Amelia che sta tornando verso una Corvette rossa.

«Penso che il tuo piano abbia funzionato» gli dico.

Adam la guarda allontanarsi. «Tu non conosci Amelia. Lavorava nelle vendite e sa come essere aggressiva per concludere un contratto.»

«È così che aveva concluso il contratto con te?»

Guardiamo entrambi l'auto che parte sgommando.

«No, assolutamente. Per un'estate ci siamo frequentati ogni tanto, poi sono stato io a cercare di concludere. Ha fatto la difficile, ottenendo solo che io insistessi. Non l'ho mai vista per quella che era veramente. Manipolativa, indifferente verso gli altri...»

«E il suo cane.»

Adam guarda Tank. «È stato un danno collaterale nella sua ricerca dell'avventura. Non sarebbe stata felice con me a lungo termine, quindi, col senno di poi, immagino sia stato meglio così.»

Gli metto le mani intorno alla vita e stringo. Lui mi mette un braccio intorno alle spalle e mi bacia la testa. È così ingiusto che sia stato preso alla sprovvista dopo quattro anni come coppia.

Mi tiro indietro e lo guardo. «Detesto il fatto che ti abbia ferito.»

Lui mi mette una ciocca di capelli dietro l'orecchio. «Sono sopravvissuto.»

«Pensi che abbia capito o dobbiamo continuare con questa faccenda della coppia fidanzata?»

Adam mi sfiora la guancia con il dorso delle dita. «Dovremo continuare per tutta l'estate perché resterà qui per tutto questo tempo. Se pensasse che abbiamo rotto probabilmente si farebbe viva di nuovo a casa mia.»

Spalanco gli occhi. «Di nuovo?»

Adam mi traccia una linea col dito lungo il collo, lasciando una scia che mi rende difficile concentrarmi. «Sì. Aveva ancora la mia chiave e domenica scorsa è entrata.»

Sbatto gli occhi un paio di volte. «Aspetta. Stai dicendo che si è introdotta in casa tua? Sembra strano. Perché non ha semplicemente chiamato, o bussato alla porta per essere invitata a entrare?»

Mi manca il fiato un secondo prima che la sua bocca copra la mia in un bacio leggero. Poi mi appoggia la mano sulla nuca mentre approfondisce il bacio, premendo più fermamente le labbra sulle mie e poi un bacio e poi un altro. Ogni bacio trova l'angolazione perfetta. Mi sento invadere da un calore elettrico.

E poi mi abbassa sulla coperta, con le dita infilate tra i miei capelli mentre le sue labbra premono più forte aprendomi all'esplorazione della lingua che entra. Gli metto le braccia attorno accarezzando la sua schiena ampia e le spalle, desiderando il suo peso su di me. Lui si tiene appoggiato ai gomiti e i suoi baci diventano più imperiosi. Sento il desiderio che mi invade, travolgente. Questa è la passione che volevo. Sento il calore nel basso ventre. È il bisogno istintivo di essergli più vicina che mi spinge a tirarlo verso di me afferrandogli le spalle. Voglio tutto il suo corpo su di me.

Adam interrompe il bacio; stiamo entrambi respirando forte. Appoggia la fronte sulla mia, con gli occhi chiusi. «Kayla.»

«Fase uno superata» sussurro. «Abbiamo perfezionato il bacio. Adesso è ora di toccarci.»

Adam geme e si mette seduto. «Dovremmo far fare una passeggiata a Tank.»

«Non ancora.»

Si dà un'occhiata in basso borbottando: «Sì, già. Aspetterò.» C'è un notevole rigonfio nei suoi jeans.

Mi arrampico fino a mettermi a cavalcioni e sorrido. «Adesso nessuno può vedere.»

Lui geme di nuovo, mettendomi una mano in vita. «Non mi stai aiutando.»

Lo bacio. Lui mi afferra i capelli e succhia il mio labbro inferiore prima di reclamare la mia bocca. *Sì!* Esattamente quello che volevo. Lui. Muovo istintivamente i fianchi, cercando la frizione. Provo un'ondata di piacere al contatto.

Improvvisamente sono per aria, quando mi solleva e mi rimette sulla coperta.

Non fate mai incazzare una vergine frustrata.

Stringo gli occhi. «Non tentare nemmeno di dirmi che è così che seduci le donne che rimorchi. Ti stai tirando indietro con me e voglio sapere perché.»

Adam mi mette le mani sulle spalle bloccandomi e dice a bassa voce: «Eravamo d'accordo di andare piano, minimo un mese. Due mesi sono ancora meglio».

«No, non sono meglio. Io ti desidero e so che mi desideri anche tu.»

Lui chiude gli occhi. «È solo il secondo giorno. Non c'è fretta.»

Non sono nemmeno lontanamente soddisfatta di quella risposta. Inoltre le sue mani sulle mie spalle in un certo senso mi tengono e mi piace. «È importante che continuiamo a testare la nostra compatibilità intima, altrimenti potrebbe essere imbarazzante e non così bello quando finiremo a letto.»

Sto andando a braccio, lanciando quelle che spero sembrino suggerimenti sensati per riuscire a continuare. *Sì, sono proprio io, l'ottimista sprovveduta.*

Le sue dita mi stringono le spalle. «Compatibilità intima? Non riesci nemmeno a dire la parola. Ecco perché ha senso andare piano.»

Certo che riesco a dirlo. Solo, per me è una novità, ma adesso sono disposta a dirlo. «Compatibilità sessuale. Dobbiamo sapere se siamo *sessualmente* compatibili.»

Le sue dita scivolano sulle mie spalle in una carezza mentre continua a fissare la mia bocca. «La cosa non mi preoccupa.»

«Baciami, toccami, fai quello che faresti con una donna che hai rimorchiato. Come se quello che ti interessa fosse solo finire a letto.» Dio, come vorrei essere così per lui. Il tipo di donna che si fa desiderare in modo così potente da non poter aspettare.

Adam mi tira verso di sé, avvolgendomi le braccia attorno. «Ho intenzione di trattarti meglio.»

Vorrei prenderlo a sberle per la frustrazione, ma è così bello essere tenuta stretta tra le sue braccia forti. Il calore tra i nostri corpi aumenta. So che siamo compatibili. Voglio solo di più. Alzo la testa e appena lo faccio Adam mi lascia andare, si alza e va verso Tank.

Aggancia il guinzaglio alla pettorina. «È ora di fare una passeggiata.» Tank si alza con tutta calma e si stiracchia.

Io prendo il fiore da dietro l'orecchio e lo faccio rotolare tra le dita. Se aspetto Adam, finirò per morire vergine. Comincio a sospettare che sia questo il suo piano.

6

Il giorno dopo è lunedì ed è il mio giorno libero dato che l'Horseman Inn è chiuso. Mi fermo nel negozio di Jenna, Summerdale Sweets, per fare colazione. Sono quasi le undici, normalmente un'ora tranquilla, ed è un bene perché ho veramente bisogno di parlare con lei.

Apro la porta e il campanello suona. «Buongiorno!»

«Buongiorno» dice Jenna, consegnando una scatola legata con un nastrino a una donna mora sui trent'anni. «Grazie e buona giornata.»

Mi avvicino al bancone e sento l'acquolina in bocca guardando l'espositore di vetro pieno di cupcake, biscotti, brownie e varie barrette dolci a più strati. «Vorrei un cupcake alla carota e una bottiglia d'acqua. Mi sembra una colazione salutare.»

Jenna sorride. «Sicuramente.» Fisicamente è il mio opposto, alta, snella, con i capelli biondi che le arrivano appena alle spalle. I suoi occhi sono di un bel verde. Io ho i capelli scuri sono bassa e formosetta. Audrey assomiglia a me, in effetti. Potremmo passare per sorelle.

La guardo mentre mi prepara la colazione, nella sua bella blusa bianca dalla scollatura rotonda e jeans aderenti. «Non riesco ancora a capire come fai a preparare tutta questa roba deliziosa e non ingrassare mai.»

«Non odiarmi» dice, mettendo un cupcake alla carota su un piattino. «È il mio metabolismo. Posso mangiare tutto quello che voglio.»

«Sbruffona.»

Mi porge il cupcake e la bottiglietta d'acqua e la pago.

Si sente un campanello e Jenna si volta per andare ad aprire la porta sul retro. Entra un bel fattorino con una grossa scatola. I denti lampeggiano bianchi contro la pelle abbronzata e bisognerebbe essere morti per non ammirare quel corpo spettacoloso nell'uniforme aderente con la camicia a maniche corte e i bermuda.

«Ho quello che hai ordinato Jenna» dice una profonda voce baritonale piena di allusioni.

Jenna si mette la mano sul fianco e risponde: «Sai dove metterlo».

Lui ridacchia e si volta per andare a mettere la scatola nel magazzino sul retro. Le scintille tra di loro sono evidenti fin da qui. Jenna lo segue e resta sulla porta a chiacchierare.

Non sento che cosa sta dicendo ma scommetto che stanno flirtando. Ho veramente bisogno di conoscere i suoi segreti.

Lei arretra mentre lui viene avanti; è una specie di balletto dove sono vicini ma non si toccano.

Il fattorino le rivolge un sorriso sexy. «Alla prossima.»

Jenna lo saluta agitando le dita. Appena la porta si chiude alle sue spalle si volta e si sventola con una mano.

«Che diavolo è successo?» le chiedo. «Chi era?»

Jenna prende una bottiglietta d'acqua, gira intorno al bancone e mi indica di sedermi. Ci sono tre tavolini rotondi nella parte anteriore del negozio. Grandi finestre con graziose tende da sole lasciano vedere il panorama del centro: l'ufficio postale, un piccolo supermercato, l'Horseman Inn e una chiesa a ogni estremità.

Scelgo il tavolo più lontano dalla porta e tolgo l'involucro al mio cupcake.

«Quello era Trey» dice, svitando il tappo della bottiglietta e bevendo un sorso.

Do un morso al cupcake e la glassa alla crema di

formaggio si scioglie in bocca. Aspetto con ansia l'intera storia e le indico di continuare.

Lei appoggia la bottiglia con un sorrisino sulle labbra. «Abbiamo fatto cose una volta. Adesso è finita.»

«Solo una volta? Perché è finita? Ci sono un mucchio di scintille tra di voi.»

Jenna scuote la testa. «Ci saranno scintille con qualsiasi uomo con cui andrai a letto. Ovviamente io vado a letto solo con uomini da cui sono attratta quindi probabilmente è un po' come la questione dell'uovo e della gallina.»

Uh?

Jenna sorride. «È fantastico, ma gli ho detto subito che sarebbe successo una sola volta e lui lo ha accettato. Adesso flirtiamo solo un po', ricordandolo. È divertente.»

Do un altro morso al cupcake e mastico. «Non sarebbe più divertente continuare a far sesso?»

Jenna rabbrividisce. «È una strada pericolosa che può portare a una relazione. Voglio solo cose informali. È meglio conoscere gente diversa e avere tante esperienze diverse.»

«Quindi non hai intenzione di sistemarti e sposarti?»

Jenna fa una smorfia. «No, non fa per tutti.»

Io so che è quello che voglio, un giorno, ma prima ho bisogno di fare qualche esperienza, come ha detto lei. Finisco il cupcake proprio mentre dice: «Che mi dici di nuovo?».

Faccio un respiro profondo. Frequento Jenna, Audrey e Sydney oramai da più di due mesi. Penso di potermi fidare di lei. «Ho bisogno di consigli su un uomo.»

Lei si china verso di me. «Ooh, chi è? Lo chef sexy?»

Scuoto la testa. «Il fatto è che ho bisogno di sapere come far capire a un uomo che è ora di fare sesso.»

«Quale uomo?»

«Non voglio ancora dirlo, okay?» Ho intuito che Adam non vorrebbe che la gente sappia che ha preso la mia verginità. È molto riservato, discreto e mi ha già detto di non parlare di sesso in pubblico. Parlarne con Jenna però non conta. Entra in vigore il codice della sorellanza.

Jenna sospira. «Bene, ma ti terrò d'occhio. Lo scoprirò.»

«Se ci riuscirai, tienilo per te, okay?»

Lei si mordicchia il labbro, pensierosa. «Sono così curiosa. Non è Drew, vero? Ti ho visto che gli parlavi al ristorante. Audrey ha una cotta per lui, quindi potrebbe essere imbarazzante.»

Spalanco gli occhi. *Come ho fatto a non capirlo?* «Davvero? Ma continuo a vederla al ristorante con gli uomini di eLoveMatch.»

«Solo primi appuntamenti. Nessuno è all'altezza di Drew.»

«Lui lo sa?»

«Se non lo sa è un idiota.» Mi dà una spintarella al braccio. «Allora, qual è la situazione con il tuo uomo? Da quanto vi state vedendo?»

Ripiego accuratamente l'incarto del cupcake, un po' imbarazzata per lo scarso progresso fatto insieme. «Siamo usciti un paio di volte e ci siamo baciati una volta sola.» Mi arrischio a darle un'occhiata. Non sta ridendo; al contrario, sembra pensierosa.

«Ti è piaciuto?»

«Sì, ma voglio di più. E sembra che più io parlo di trasferire l'azione a letto, meno lui voglia fare qualcosa.»

Lei mi stringe il braccio. «Oh, tesoro, non è veramente necessario convincere un uomo a fare sesso. È così facile. Devi solo stargli vicino, toccarlo e sorridere. Capirà il messaggio.»

«È quello che hai fatto con Trey?»

«È quello che faccio con tutti gli uomini.»

«In che modo lo tocchi?»

Lei inarca le sopracciglia. «In che modo?»

«Sì. È una stretta o una carezza? Sul braccio, sulla mano, come?»

«Ovunque. Accarezzagli la spalla, il bicipite, la mano, oppure potresti mettergli il palmo della mano sul petto. È un buon punto per attirare la loro attenzione.»

«Wow. Buono a sapersi. La mossa sexy.»

Lei si china verso di me e abbassa la voce a un sussurro.

«Sei mai stata con un uomo? Pensavo che fossi stata fidanzata.»

«Promettimi che non lo dirai a nessuno...»

«Oh mio Dio, sei vergine!»

Chiudo gli occhi con le guance che bruciano. Grazie al cielo siamo da sole in negozio. «Sì, ma non voglio più esserlo. Ho trovato un uomo che dice che vuole aiutarmi – e sa qual è la situazione – ma ci sta andando così piano.»

«Hai trovato un uomo» ripete lei. «È Adam? So che voi due passate parecchio tempo insieme.»

Cerco di combattere il rossore. «Non posso dirlo, sul serio.»

Lei sorride sorniosa. «È un vero tesoro. Cerca di andare piano, sapendo che sei vergine. Oh, poverina. Chissà quanta tensione hai accumulato.»

«Non è proprio così. Voglio solo sapere di che cosa si tratta.»

Jenna si picchietta un dito sulle labbra. «Il mio consiglio è smetter di parlarne e usare il tuo corpo per fargli capire che sei pronta. Cosa ancora più importante, toccalo mentre lo guardi negli occhi. È un segnale universale. Reagiscono praticamente tutti allo stesso modo.» Mi dà un colpetto con il pugno. «Non vedo l'ora di vedere come finisce.»

Suona il campanello ed entra una giovane madre con un bambino appoggiato sul fianco.

«Si torna al lavoro» sussurra Jenna. «In bocca al lupo.»

«Grazie.»

«Nel peggiore dei casi, ho un'app eccezionale che potresti provare per risolvere questo tipo di situazione» dice voltando la testa. «Ti manderò il link.»

«Okay, grazie.» Si riferisce a un'app di incontri puramente per fare sesso, e non mi interessa. Non che mi abbia veramente mai interessato. L'ho solo presa in considerazione quando ho cominciato a pensare di liberarmi della verginità. Dev'essere Adam. Ho solo bisogno di fargli arrivare il messaggio che sono pronta.

Me ne vado, sollevata. Jenna era la persona perfetta con

cui parlare, tra le amiche che ho qui. Sono molto amica anche
con mia cognata, Sydney, e ora che è tornata dalla luna di
miele avrei potuto parlare con lei del mio problema, ma temo
che si lascerebbe sfuggire qualcosa con Wyatt, che interver-
rebbe, comportandosi da fratello maggiore iperprotettivo.
Non credo che Audrey possa aiutarmi. Quanta esperienza di
seduzione può avere quando dà il benservito a ogni uomo
dopo il primo appuntamento?

Decido di mettere in moto il mio piano di seduzione quando
Adam finirà di lavorare questa sera. Devo provare alcune
delle tecniche più discrete di cui mi ha parlato Jenna. Ora che
ci penso, è ovvio che le parole non hanno funzionato con
Adam. È un uomo di fatti, non parole. Oggi sarà il terzo
giorno di fila in cui ci vediamo, ma non mi preoccupa che sia
troppo perché è lui che voleva vedermi per un mese prima di
passare all'azione. Forse lo farò cedere in una settimana o giù
di lì e poi potremo passare alla parte interessante.

Nel frattempo, andrò a guardare le vetrine a Clover Park,
a circa mezz'ora di distanza. Hanno questa fantastica Main
Street dove mi piace passeggiare.

Parcheggio la mia Jeep rossa in una strada laterale e vado
nel mio posto preferito: una libreria "Book it". La prima volta
in cui sono venuta a Clover Park con Sydney, siamo andate da
Shane's Scoop per del gelato artigianale. Abbiamo incontrato
il proprietario, Shane, un allegro pel di carota che ci ha dato
un coupon per la libreria, gestita da sua moglie Rachel. Uno
sconto del dieci per cento. Adesso sono un membro del club
degli acquirenti abituali del Book It e ottengo uno sconto
ancora maggiore.

Rachel è dietro al bancone. È probabilmente sui quaran-
t'anni, ha gli occhiali e capelli scuri che le sfiorano le spalle.
La maglietta nera ha la scritta: *Chi legge è fantastico*. Proprio il
mio tipo di donna. Alza gli occhi e mi guarda con un sorriso.
«Ehi, Kayla, fammi sapere se trovi qualcosa.»

«Okay, grazie. Do la mia solita occhiata.»

Proprio in quel momento due ragazzine dai capelli rossi si precipitano dentro il negozio. Hanno più o meno la stessa età, tredici o quattordici anni e per un momento mi chiedo se siano gemelle. Ma una delle due ha gli occhi nocciola e l'altra azzurri e non hanno la stessa statura. Sono vestite in modo casual, con t-shirt e pantaloncini.

«Mamma, puoi darci i soldi per la pizza?» chiede una delle due.

«Stiamo morendo di fame» afferma l'altra annuendo con forza.

Rachel fa loro segno di avvicinarsi e le bacia entrambe sulla fronte. «Salve Abby, salve Hannah. Com'è andata la scuola oggi?»

«Ciao mamma» dicono le due ragazzine all'unisono, contrite. Un sottile richiamo alle buone maniere da parte della madre.

«La scuola è andata bene. Abbiamo fame» dice una delle due.

«Io ho già fatto i compiti» dice l'altra.

Rachel prende il portafogli e ne estrae un biglietto da venti. «Voglio il resto, ragazze.»

«Grazie, mamma!» esclamano le due in coro e si precipitano fuori dalla porta.

Mi ricordano me e le mie sorelle. Dovrei chiamarle. Do un'occhiata alla vetrina e torno alla sezione dedicata alla crescita personale. Magari un libro sul sesso mi aiuterebbe. Poi colgo una serie di immagini molto sexy sulla sinistra. La sezione romance, con parecchie copie dei libri della trilogia *Fierce* di Catherine Cliff – *Fierce Longing, Fierce Craving, Fierce Loving.* Bene, in questo momento sto sperimentando un feroce desiderio. Hanno tratto dei film da questi libri, con Claire Jordan come protagonista. Dovrebbero essere piuttosto audaci, male non possono fare, no? E alcuni hanno l'etichetta che indica copie autografate. Fico, prenderò l'intera trilogia.

Vado al bancone, lievemente imbarazzata per l'acquisto di

una pila di libri sexy. Non l'ho mai fatto. Di solito preferisco la letteratura, cosa che ho in comune con Audrey.

«Ottima scelta» dice Rachel allegramente. «L'autrice è del posto, quindi abbiamo spesso libri autografati. Ti piaceranno.»

«È la prima volta che leggo un romance.»

«Oh, ne abbiamo un'ampia scelta. Se questi ti piaceranno, potrò raccomandartene altri di quest'autrice e di altri, la prossima volta in cui verrai.»

Et voilà, l'imbarazzo sparisce. Ottimo. Sono una donna apertamente sessuale che sta esplorando la sua sessualità. E che molto presto farà sesso.

Sorrido e le porgo la mia carta di credito. «Grazie mille.»

Pago e la saluto, adocchiando la vetrina di un negozio di giocattoli un po' più avanti. C'è un grande carretto rosso in vetrina, con un orsacchiotto di peluche seduto dentro. So a chi piacerebbe.

Lascio i libri in auto e torno indietro per andare nel negozio di giocattoli. Ancora meglio: quando torno in quel reparto, trovo un carretto con una tenda da sole e un ventilatore da agganciare. Perfetto.

Lo compro immediatamente e porto l'auto sul retro del negozio in modo che uno degli impiegati possa aiutarmi a caricarlo.

Adam

Kayla mi ha mandato un messaggio chiedendomi quando porterò Tank a fare la sua passeggiata questa sera. Sta veramente prendendo sul serio questa faccenda di uscire insieme per un mese e vuole incontrarmi tutti i giorni. Spero che non si metta di nuovo a parlare di sesso. Sono felice di vederla in pubblico tutte le volte che vuole. Non ci sono rischi. Mi piace stare con lei e più la conosco, più tempo vorrei passare con lei.

Sto attento a non affezionarmi troppo. Mi sto solo godendo la sua compagnia come amici che si vedono tutti i giorni.

Sono al mio solito posto all'Horseman Inn, pronto a portare Tank a fare la sua passeggiata al tramonto. Lo faccio scendere dall'auto e gli metto il guinzaglio. Poi le mando un messaggio.

Kayla appare qualche minuto dopo, uscendo dal ristorante, e alza un dito chiedendomi di aspettare. La vedo andare dietro il ristorante. Che cos'ha in mente? Riappare tirando un carretto di plastica rosso con una tenda bianca sopra.

Sorride. «È per Tank. In questo modo non sarai obbligato a portarlo in braccio tornando dalle sue passeggiate.» Tank va immediatamente da lei e annusa le tasche dei suoi pantaloni corti beige. Questa volta non sono super corti. Le ficca il naso nell'inguine lei lo spinge via ridendo. «Sì, sono ancora una ragazza.»

Tiro indietro Tank e fisso il carretto. C'è un piccolo ventilatore attaccato al supporto della tenda. Ha comprato un regalo per il mio cane con il suo misero salario da cameriera. Non accetta mai soldi dal suo ricco fratello. Vuole guadagnarseli.

Mi schiarisco la voce, con la gola improvvisamente stretta dall'emozione. «Grazie. Non dovevi farlo.»

«Lo so, ma volevo. Verrò con voi a fare la passeggiata e, quando Tank arriverà al punto in cui deciderà di averne avuto abbastanza, lo attirerò sul carretto.»

Sorride e sento un'ondata di affetto per lei. Devo lottare contro il desiderio di abbracciarla. È stato un gesto così dolce prendere un regalo per Tank. Mi trattengo. Meno la tocco, più è facile mantenere le distanze. Non posso permettermi di avvicinarmi troppo. È un'amica che se ne andrà presto. Un'amica meravigliosa, dolce e bella.

Kayla si dà un colpetto sulla tasca. «In tasca ho del bacon per lui, in un sacchetto di plastica.»

Mi rendo conto di colpo che sono lì che la guardo sorridendo come un idiota. Le indico di cominciare la nostra passeggiata. Lei mi parla della sua giornata e di come le piacciono i negozi di Clover Park. Mi racconta perfino che sta cominciando a leggere la trilogia *Fierce*.

Non faccio commenti su quel particolare anche se so che si tratta di un film audace. Preferisco non parlare di sesso con Kayla. Il mio obiettivo principale è di uscire con lei come amici, limitandomi a baci casti finché si trasferirà ovunque la porterà il suo nuovo lavoro. Sono sicuro che riceverà presto un'offerta. È brillante. Se dovessi fallire e superare un limite da cui non si può tornare indietro, non sarà soltanto Kayla a restare ferita. Significa già troppo per me. Sarà difficile dirle addio. Per non dire poi che Wyatt scatenerebbe l'inferno, visto che mi ha avvertito di restarle lontano.

Tank, come al solito, si sdraia per terra a metà sulla via del ritorno, rifiutandosi di continuare a camminare. Kayla entra in azione, tenendo un pezzetto di bacon sotto il suo naso, conducendolo in avanti e lasciando cadere un altro pezzetto di bacon nel carretto. Tank ci casca. Farebbe qualunque cosa per il cibo. Kayla apre lo sportello sul fianco del carretto, ma Tank non ci passa. Lo sollevo o le sistemo all'interno. Lui divora immediatamente il bacon che lo stava aspettando.

Kayla accende il ventilatore e Tank solleva la testa, leccandosi i baffi con un'aria felice. Le guance cascanti vengono spinte all'indietro dalla brezza. Questo cane è così maledettamente carino.

«Ora ci muoveremo piano, senza scosse» dice, cominciando a tirare il carretto. Tank sembra allarmato per un attimo, ma Kayla gli fa i complimenti e gli dà altro bacon.

Dopo qualche minuto, Tank si sta godendo il suo viaggio di ritorno nel carretto coperto con la brezza motorizzata. Arriva perfino a sdraiarsi, appoggiando la testa al sedile di fronte a lui.

«Ha funzionato!» esclama Kayla.

«Sai che adesso vorrà sempre farsi portare...»

«Potresti dover portare qualcosa da dargli da mangiare per incoraggiarlo a camminare, prima di cedere e metterlo nel carretto. In questo modo farà comunque esercizio. Ooh, so come fare. Metti un orsacchiotto gigante nel carretto, come se toccasse a lui per primo.»

«Sì, certo. Non ho intenzione di portare in giro un orsacchiotto di peluche. Mi inventerò qualcosa.»

Kayla ridacchia. «Ma sarebbe così carino!»

Quando torniamo all'Horseman Inn, sollevo Tank dal carretto e lo metto a terra. Lui va immediatamente da Kayla e si appoggia alla sua gamba.

Kayla gli accarezza la testa. «Ti è piaciuto, vero, Tank?» Si sposta adagio. «Ooh, sei pesante.»

Lui la guarda come se volesse tenerla.

Sto cominciando a pensarla allo stesso modo.

«Va bene se passiamo la serata insieme? Non ho la TV a casa mia, ma forse potremmo andare a casa tua e...»

«Certo.» Non ci devo nemmeno pensare. Voglio passare più tempo con lei.

Gli amici si frequentano. Va tutto bene.

7

Kayla

Questo è un progresso. Siamo già al terzo appuntamento e sono riuscita a trasferirlo in un posto privato. La casa di Adam è dal lato opposto della città rispetto all'Horseman Inn, quindi è la prima volta che la vedo. È un edificio a due piani in stile coloniale, beige con le finiture nere, in una strada periferica alberata, uno dei raggi della ruota che compongono la città. Dice di averla avuta per poco perché aveva bisogno di restauri, a cui ha pensato personalmente. A quanto pare sa fare un po' di tutto. Potrebbe fare l'appaltatore, ma preferisce i lavori di falegnameria. Dice che la maggior parte delle case lontane dal lago sono state costruite negli anni Settanta, quelle sul lago negli anni Sessanta circa.

Mi fa entrare in una piccola anticamera. Sulla sinistra c'è la sala da pranzo con un camino e un meraviglioso tavolo da pranzo di legno marrone chiaro, con le gambe affusolate e strombate e sedie nere imbottite. Sulla mia destra c'è un grande soggiorno che sembra molto accogliente con un morbido divano grigio e altri mobili nello stesso legno biondo del tavolo: un tavolo basso con due cassetti e lo stesso tipo di gambe del tavolo da pranzo e due tavolini ai lati del divano con sotto uno scaffale.

Tank trotterella verso un lettino per cani scozzese verde accanto al divano in soggiorno.

«Hai fatto tu questi splendidi nobili?» gli chiedo.

Adam sorride. «Sì, è legno di noce.»

Vado verso la sala da pranzo e passo la mano sulla superficie liscia del tavolo. «Spettacolosi.»

«Grazie. Vuoi qualcosa da bere?»

«Certo.» Lo seguo in cucina dove è chiaro che ha fatto degli aggiornamenti, con armadietti dall'aspetto moderno, questa volta in legno chiaro, ed elettrodomestici neri. I ripiani sono bianchi. «Hai decisamente buon gusto. Ti farei fare casa mia, se ne avessi una.»

Adam mormora un ringraziamento e apre il frigorifero. «Birra?»

«Solo acqua grazie.»

«È quello che pensavo» dice, versando due bicchieri d'acqua.

Lo seguo mentre torna in soggiorno. Mi porge un bicchiere e mette sul tavolo due sottobicchieri di legno col bordo di metallo. «Hai fatto tu anche i sottobicchieri?»

«No. Questi li ho comprati.»

Beviamo entrambi un sorso d'acqua e appoggiamo i bicchieri sui sottobicchieri. Sto per fare la mia mossa sexy, appoggiandogli la mano sul petto, quando si china di fianco e prende il telecomando dal tavolino.

«Che cosa vuoi vedere?» mi chiede, accendendo la TV montata sulla parete davanti a noi, proprio sopra il camino.

Mi piacerebbe vedere te. Nudo.

«Che cosa guardi di solito?» gli chiedo.

«Gli Yankees, se c'è una partita. A volte uno show sulle auto.»

Indico la TV. «Vai, metti quello che vuoi.»

Adam sceglie la partita degli Yankees. Va bene così, mi darà modo di concentrarmi meglio. Mi chiedo se sia il caso di tenergli la mano, ma l'abbiamo già fatto e non ha portato a niente di più.

Aspetto finché si appoggia allo schienale, poi mi chino di

lato verso di lui e gli metto una mano sul petto, proprio sopra il cuore. Wow. Riesco a sentirlo che batte forte. Deve avere un cuore potente.

Passa un lungo momento durante il quale sono fin troppo consapevole del mio respiro. Lui non mi ha spostato la mano ma non sembra stia ricevendo il mio messaggio sexy. Poi fa una cosa strana. Batte forte il piede sul pavimento di legno.

Tank accorre e annusa il terreno come un matto. Dopo qualche momento alza il testone, in attesa. Adam lo accarezza e poi lo solleva mettendolo sul divano accanto a lui.

Mi chino oltre Adam per accarezzare Tank, sfiorando Adam che si tira indietro in modo che non ci tocchiamo. Quindi sta usando il cane come cuscinetto, eh? Chiaramente Adam non ha nessuna intenzione di aiutarmi. Non so quale sia il suo gioco, ma è ora che prenda il controllo. Non riesco a credere che sia la vergine a dover passare al comando. Seriamente.

«Adam, secondo te qual è il modo migliore per sedurre qualcuno?»

Lui allarga il colletto della maglietta azzurra. Sembra a disagio.

«Te lo sto chiedendo perché sei un amico e hai esperienza.» Lo dico come se stesse aiutandomi con gli uomini che verranno in futuro, cosa che ottiene una reazione veloce da parte sua. Sento che non mi vuole con altri uomini: né con lui né con altri. Per un malinteso senso di gentilezza, vuole che resti vergine. Certo apprezzo il fatto che si prenda cura di me, ma so quello che voglio: lui.

Lui deglutisce rumorosamente. È il suo modo di dire *oh merda, sta di nuovo tentando di parlare di sesso*. E so che Jenna mi ha detto di usare le azioni e non le parole, ma non ha funzionato! Devo riuscire ad avere una risposta dall'uomo che mi sta tenendo a distanza.

Continuo. «Come si fa a dare un segnale discreto al tuo partner? Cioè, non voglio sempre dover annunciare che voglio fare sesso. Che cosa pensi funzioni meglio per gli uomini? Non tu, solo in generale.»

Questo lo induce a parlare, e me l'aspettavo. Mantengo il volto impassibile.

Lui scuote la testa. «Gli uomini non hanno bisogno di essere sedotti.»

«Hanno certamente bisogno di qualche tipo di segnale.»

«No.»

Mi sposto verso di lui. «Okay, e le donne invece? Che cosa serve per sedurle? Non ho esperienza in nessuno dei due campi, dato che ho sempre detto fin dall'inizio che volevo aspettare il matrimonio. Ora voglio saperlo.»

Adam tossicchia. «Uhm...»

Io insisto. «Sai, potrei chiedere alle mie sorelle, ma mi prenderebbero in giro senza pietà. Sidney sta con mio fratello e francamente non mi piace nemmeno immaginarlo.»

Adam fa uno strano suono gorgogliante. «Non piace nemmeno a me.»

«Ma sono sicura che hai esperienza nel sedurre le donne.»

Un altro colpo di tosse.

Non è molto collaborativo.

Lo immagino io per lui. «Se volessero sedurmi, mi piacerebbero i fiori seguiti dallo champagne, no, dal vino, per una perfetta scena di seduzione. Magari un po' di musica che piaccia a entrambi, cantata da un uomo con la voce profonda. Un ritmo di basso potrebbe essere sexy.» Gli do un'occhiata per capire se sono sulla strada giusta.

«Uhm.»

Okay. «Quindi poi c'è il bacio, il contatto e magari slacci un bottone della camicetta, solo per mostrare qualcosa. Ma come si fa a sapere se è il momento giusto per la rivelazione? Non vorrei fare una figuraccia, facendolo prematuramente. E se cominciassi a spogliarmi e lui stesse pensando che è ora di mettere fine all'appuntamento e dire buonanotte?»

Lui apre la bocca un paio di volte prima di dire finalmente: «Se ti spogli tu, lui ci sta. Se si spoglia lui per primo, scappa».

Sorrido, lieta che finalmente si sia unito a me in questa conversazione illuminante, poi aggrotto la fronte. «Non ha senso. Perché devo scappare se si spoglia lui, ma lui resta se mi spoglio io?»

Mi fissa intensamente con i suoi begli occhi castani. «Guarda, è una cosa reciproca e lo saprai quando è il momento giusto. Okay?»

Mi lecco le labbra e lui osserva il movimento. «Okay.»

Tank poggia la testa in grembo a Adam che si sposta prima di sollevarlo e rimetterlo nel suo lettino. Significa che per Tank è finito il compito di fare da cuscinetto?

Mi rendo conto che Adam non ha guardato molto la partita di baseball in TV. Devo essere più interessante del baseball. Mi torna in mente il consiglio di Jenna: *limitati a stargli vicino, a toccarlo e a sorridere. Capirà il messaggio.* Non importa che la mossa di toccargli il petto non abbia funzionato. Devo insistere e cercare di seguire i suoi consigli dato che non ho mosse mie da poter fare.

Adam ha la voce roca. «Questa è una pessima idea.»

«Quale parte?»

Lui mi tira contro di sé e mi bacia. Una fitta di desiderio da capogiro mi fa venire le ginocchia molli. Adam mi appoggia la mano sulla nuca, la sua bocca si muove sapientemente sulla mia, la sua lingua entra per assaggiare. Gli afferro la camicia con le dita, travolta dal calore e da un pulsare insistente tra le gambe che mi fa premere istintivamente contro di lui, coi fianchi che si alzano per andare incontro a un'impressionante erezione.

Adam si tira indietro bruscamente, respirando forte. «Dovresti andartene.»

Allungo la mano verso di lui che indietreggia. E la cosa mi fa infuriare. Mi ha dato un assaggio di passione e ora me la sta portando via. «Non avevo finito.»

«Buonanotte, Kayla.»

Sbuffo e vado dall'altra parte del divano per prendere la mia borsa. «So che pensi di proteggermi tenendomi a distanza, ma non c'è niente da cui proteggermi qui.» Lo guardo. «Io mi fido di te e so che non mi faresti mai intenzionalmente del male, ma è il fatto che mi respingi che sta cominciando a far male.»

Mi guarda e si infila la mano tra i capelli. «Kayla, penso veramente che il matrimonio sia l'impegno che serve per questo nuovo passo che hai tanta voglia di fare. Hai sempre avuto ragione.»

Resto a bocca aperta e poi la richiudo di scatto. È esattamente questo il problema. Gli uomini mi vedono come la ragazza perbene che sposi, non il tipo con cui ti diverti. Non che Adam mi stia chiedendo di sposarlo. So che non è pronto per quel tipo di impegno. Crede solo che sia ciò di cui ho bisogno io.

In modo un po' subdolo, ho intenzione di fargli capire esattamente qual è la mia posizione, comportandomi come se mi avesse appena chiesto di sposarlo.

Gli stringo gentilmente il braccio. «Mi dispiace, ma non posso sposarti solo per il sesso. Comunque non sono quella giusta per te. Sono una chiacchierona e tu preferisci il silenzio. A me piacciono le commedie, tu preferisci il noioso baseball. A me piace ballare e divertirmi alle feste; a te piace lavorare il legno.» Adam fa uno strano suono gorgogliante ma io continuo: «Non abbiamo niente in comune, a parte mio fratello e tua sorella. Anche se sarò sincera: penso che il tuo sedere nei jeans sia la perfezione assoluta. Ma non è sufficiente come base per un matrimonio».

Aspetto, studiando la sua espressione che è difficile da leggere. Capisce che non dobbiamo arrivare al livello di impegno di un matrimonio per ottenere il mio obiettivo?

«Okay» mormora.

Accenno appena un sorriso, non credo che abbia capito il messaggio. Ho esagerato e nonostante le differenze abbiamo parecchie cose in comune. Andiamo d'accordo, c'è una forte attrazione tra di noi e, cosa ancora più importante, rispetto.

In effetti potremmo essere perfetti l'uno per l'altra. Adam e io, una vera coppia. Sconvolgente.

Tank comincia ad abbaiare correndo attraverso la cucina. Un attimo dopo appare Amelia, con un'espressione selvaggia sul volto. Tira Tank verso di sé e ci fissa. I lunghi capelli biondi sono legati e indossa un corto top bianco, jeans sfrangiati e scarponcini da trekking.

Mi sento gelare. Questa donna è una stalker e un'intrusa. Prendo il telefono dalla borsa. «Chiamo la polizia. Questa è violazione di domicilio.»

Adam alza la mano per fermarmi. «Aspetta. Amelia, come hai fatto a entrare? Avevi fatto una copia delle mie chiavi di casa?»

Lei sbuffa. «Conosco il codice per aprire la porta del garage. Non è difficile, è il compleanno di tua madre.»

Adam borbotta un'imprecazione. «Lo cambierò. Che cosa vuoi?»

Lei mi rivolge uno sguardo malevolo. «Questo non è il tuo posto. Questa è casa mia e di Adam.»

«Lui è fidanzato con me» dico con calma.

Lei alza la testa e si rivolge a Adam. «Quindi tu avrai tutto e io niente? Solo per un errore? Quindi tu adesso avrai il matrimonio, la casa...»

«Questa è sempre stata casa mia» dice Adam. «L'ho pagata io. Ti ho invitato a trasferirti da me, poi te ne sei andata.»

Lei si guarda intorno freneticamente poi fissa lo sguardo su Tank che è appoggiato al suo fianco. «Allora prendo il cane. Ho i documenti dell'allevatore. L'ho comprato io da cucciolo. È mio.»

Adam si avvicina e si dà un colpetto sulla gamba. Tank va verso di lui che afferra l'imbragatura. «L'hai regalato a me quando te ne sei andata.»

«Non puoi dimostrarlo.»

«Dove potresti portarlo?» le chiede Adam. «Da quanto ne so, sei disoccupata e vivi con i tuoi genitori.»

«Lo terrò a casa dei miei genitori.»

«Te lo pagherò. È di questo che hai bisogno, soldi?»

Amelia mi dà un'occhiata e poi si volta verso Adam. «Quattromila dollari. È quello che l'ho pagato. No, facciamo cinque. Inflazione.»

Resto senza fiato. «Non puoi seriamente estorcergli cinquemila dollari.»

Adam alza la mano. «Non li ho. Posso darti mille dollari, ma dovrai firmare un documento che dica che rinunci a qualunque diritto su di lui. E che non mi cercherai più. Affare fatto?»

«Niente da fare» dice seccamente Amelia, gira sui tacchi ed esce da dove è venuta, usando la porta interna verso il garage.

Fisso Adam stupita. «Quella è la donna di cui ti sei innamorato?»

Lui si passa la mano sul volto. «È disperata. Non so che cosa le stia succedendo ma non è un problema mio.»

«Non penso che se ne andrà e basta.»

«Vorrei che lo facesse.»

«Dovresti chiamare Eli e far emettere un ordine restrittivo. Si è introdotta due volte in casa tua senza essere invitata.» Eli è un poliziotto e suo fratello.

Adam scuote la testa. «Cambierò il codice del garage. Va tutto bene. Non è pericolosa.»

Mi sembra che Adam perdoni un po' troppo facilmente.

«Non ti merita» dico.

Lui mi fissa per un lungo momento prima di scuotere la testa. «Cambierò il codice. Non preoccuparti per lei.»

«E se diventasse gelosa e se la prendesse con me?»

«Ti ho detto che non è pericolosa. Andrà tutto bene. È solo sconvolta perché le cose non hanno funzionato con quel tizio a Panama e adesso è tornata a casa e non ha più niente. Atterrerà di nuovo in piedi da qualche parte.»

«Fai emettere un ordine restrittivo.»

Adam viene verso di me, mi mette una mano sulla nuca e mi bacia la fronte. Poi attraversa la cucina, presumibilmente diretto alla porta che dà sul garage.

Sospiro. Immagino che non senta il bisogno di accompagnarmi.

Si deve fare qualcosa riguardo ad Amelia. Non le permetterò di fare del male a Adam.

8

Adam

Sono passati tre giorni da quando Kayla ha rifiutato la mia inesistente proposta. Non so come abbiano fatto le cose a diventare così contorte, ma il risultato è che sono fuori gioco, in modo permanente per quanto riguarda il suo obiettivo di fare sesso.

Eppure non riesco a smettere di pensare a lei.

Il modo in cui i suoi occhi lampeggiavano mentre diceva che Amelia non mi meritava era sexy. Ma non è solo quello. È chiaro che prova dell'affetto per me. L'ho sentito nella ferocia della sua voce, una sensazione istintiva. Perché insisto a respingerla? Chi sto proteggendo? Lei o me? Ho veramente intenzione di trattenermi per ciò che mi ha fatto Amelia? Vedendole assieme, è chiaro che non c'è confronto. Kayla è dieci volte la donna che è Amelia.

Prendo le chiavi ed esco, con l'adrenalina che mi scorre nel corpo. Sto andando all'Horseman Inn. È giovedì sera, la serata delle donne, e farò la parte del finto fidanzato di Kayla se si faranno vivi un mucchio di uomini. È una scusa buona come un'altra. Lei partecipa sempre alla serata delle donne per passare un po' di tempo con Sidney, Jenna e Audrey.

Diavolo. Mi manca. *Tre giorni.*

Mi manca il sorriso che illumina i suoi grandi occhi castani. Mi manca la sua risata gioiosa, il suo modo diretto di parlare e come profuma sempre di fiori. Eh sì, mi manca il suo modo di farmi continuamente complimenti. Anche Wyatt si complimenta per il mio lavoro, ma non è la stessa cosa. Kayla mi fa sentire una rockstar.

Parcheggio e mi dico che non sono qui per ragioni egoistiche. Non sto cercando complimenti o la sua attenzione. Mangerò qualcosa al bar e guarderò la partita degli Yankees. E mi farò avanti se avrà bisogno di essere protetta dall'uomo sbagliato. Ecco tutto. Non c'è bisogno che sappia quanto mi è mancata. Penserebbe che sono abbastanza disperato da mettermi a seguirla perché ha rifiutato la mia proposta di matrimonio, anche se non le ho effettivamente mai chiesto di sposarmi. Non l'ho contraddetta, per tirarmi fuori dai guai, ma adesso, all'improvviso, desidero proprio quei guai.

È tutto così incasinato.

Qualche momento dopo entro nell'area del bar e i miei occhi puntano direttamente sul sorriso luminoso di Kayla. È china verso Jenna e le sta dicendo qualcosa.

Fingendo indifferenza vado verso il bar, dove Drew ha un tavolo d'angolo in fondo, lontano dalla signore ciarlanti. Ha una birra davanti a sé e lo sguardo fisso sulla TV sopra il bar. Mi siedo davanti a lui. «È rumoroso, qui.»

Drew grugnisce. Se Kayla pensa che *io* sia silenzioso, Drew è praticamene un muto.

Do un'occhiata alla TV, Yanks e Red Sox, alla pari. Dovrebbe essere una partita interessante. Mi sposto, sempre fingendo indifferenza, per vedere che cosa sta facendo Kayla. La sua posizione, dalla parte degli sgabelli più vicina a me, la rende avvicinabile da tutti gli uomini. Jenna è di fianco a lei e poi c'è Sydney. Wyatt è dietro il bancone, insieme alla barista, Betsy. C'è anche un gruppo di altre donne che riconosco, gente del posto, molte sposate, fuori per una serata con le amiche. Dall'altra parte del bar ci sono solo un paio di uomini, entrambi insegnanti, sui trent'anni. Stanno parlando tra di loro e osservano regolarmente le donne.

A trent'anni sono troppo vecchi per Kayla, che ne ha solo venticinque. Dimentico opportunamente di avere pensato di essere io un candidato adatto, a trent'anni.

«Vado a prendere delle ali di pollo e una birra» dico a Drew. «Vuoi qualcosa?»

«Portami...» Smette di parlare, con lo sguardo improvvisamente fisso sull'altra parte della stanza. Mi volto e noto Audrey con un uomo che non ho mai visto prima. È alto e magro, ha i capelli castani pettinati all'indietro e indossa una cravatta rossa sulla camicia bianca, pantaloni grigi e scarpe di pelle. Un po' troppo elegante per questo posto. Vanno a sedersi nella sala da pranzo sul retro.

Mi volto a guardare Drew. «Che cosa vuoi?»

Lui si alza, con gli occhi fissi su Audrey e il suo compagno. «Ci penso io.»

Audrey saluta con la mano, rivolta alla zona del bar. Drew alza la mano per salutare a sua volta prima di rendersi conto che lei stava salutando le sue amiche, che approvano la sua scelta per quell'appuntamento. Drew lascia cadere la mano e si siede bruscamene, fissando risolutamente la TV.

«Prenderò abbastanza alette per tutti e due» dico e vado al bar a ordinare, mettendomi proprio di fianco a Kayla. «Ehi.»

Lei non mi nota, presa dalla conversazione con Jenna e Sydney. Sento menzionare eLoveMatch e profili compatibili. È un'app più orientata verso relazioni stabili. Kayla non la sta prendendo in considerazione, vero? Pensavo che volesse solo fare sesso. Mi sento stringere lo stomaco. Ora che Kayla mi ha scartato, mi sento ammattire al pensiero che lei stia cercando di rimorchiare qualcuno. Dovrebbe cercare qualcuno con cui avere una relazione. È quello che, alla fin fine, la renderebbe felice.

Ordino una birra e due grandi porzioni di ali di pollo. Poi origlio spudoratamente. Le donne stanno parlando a bassa voce del compagno di Audrey e dei risultati del profilo di compatibilità. Dev'essere Audrey che è su eLoveMatch. Mi rilasso un po' e non ha senso. Dovrei desiderare che fosse Kayla ad andare in quella direzione.

Kayla si volta all'improvviso, notandomi al suo fianco. «Pensavo di aver riconosciuto il tuo profumo. Come stai, Adam?»

«Bene, grazie.»

Jenna mi sorride sorniona. «Ehi, Adam.» *Kayla le ha detto che le ho chiesto di sposarmi? O che mi ha chiesto di aiutarla a liberarsi della verginità?*

Mi bruciano le orecchie. «Ehi.»

Sydney mi saluta con la mano, rivolgendomi uno sguardo d'intesa. *Che cosa ha raccontato Kayla?*

«Audrey è su eLoveMatch?» chiedo a Kayla.

«Sì. E si sta veramente sforzando di trovare il tipo giusto. Ha un mucchio di primi appuntamenti.» Abbassa la voce. «Li porta qui in modo che possiamo controllarli. Sai, pollice su o pollice verso.»

«Solo giudicandolo dal suo aspetto?»

«E dal modo in cui si comporta. Se sorride, se sembra attento, se le estrae la sedia e quel genere di cose. Audrey vuole un uomo cui piaccia leggere e che abbia buone maniere. Non credo siano condizioni così difficili, no?»

«Uhm, non saprei.» Non riesco a pensare a nessuno che rispetti questi criteri.

«Ci sono un mucchio di uomini colti che hanno buone maniere. A scuola incontravo in continuazione tipi simili.»

Quello che non sono io. E lei voleva *me*. «Ma non sono i tuoi criteri.»

Lei alza il bicchiere di vino, nascondendo un sorriso. «Non più.»

Mi viene la pelle d'oca sulle braccia e non è una sensazione gradevole. *Per favore, ditemi che non è già andata oltre. Sono passati solo tre giorni.*

Betsy mi consegna la birra e le ali di pollo ammiccando. «Ecco. Attento, roba che scotta.»

«Grazie.» Prendo dei contanti dal portafogli. La mia scusa per parlare con Kayla sta rapidamente svanendo. Pago e mi volto verso di lei. «Che cosa hai combinato di recente?»

Lei agita una mano con indifferenza. «Questo e quello. Ieri ho avuto un colloquio soddisfacente in città.»

La studio per un lungo momento. Sembra la stessa di sempre, ha una qualità angelica. Dolce e genuina. Non c'è modo che sia riuscita a mettere in atto il suo piano così in fretta. Come minimo lo avrebbe organizzato per il fine settimana. A meno che lui lavori questo fine settimana.

«Bene» dico. «Che cosa farai questo fine settimana?»

«Lavorerò. Sydney ha bisogno di me per i turni più affollati del venerdì e del sabato sera.»

«E domenica sera?»

«Potrebbe avere da fare» si intromette Jenna con la voce cantilenante.

Kayla si volta a guardarla e ride.

Sento la solita stretta allo stomaco. Jenna la sta incoraggiando. Kayla deve averle confidato il suo cosiddetto problema. Vorrei che non avesse così tanta fretta. Potrebbe finire veramente male per lei.

Torno al mio tavolo e appoggio al centro il cestino di ali di pollo. Poi trangugio metà della mia birra.

«Rallenta» mi dice Drew.

«Chiudi il becco.»

«Ripetilo» dice lui sottovoce.

Mi blocco. Drew ha tre anni più di me e non mi prenderebbe mai a botte, ma c'è qualcosa nel suo tono tranquillo che è poco meno che letale. Bisognerebbe essere degli idioti per ignorarlo. «Brutta giornata. Tu non c'entri.»

Prende un'aletta, mi fissa per un lungo momento e poi riporta lo sguardo sulla partita. Mi rilasso. Non posso parlargli del problema che ho con Kayla quando lei è seduta proprio lì. Anche se sono sicuro che se ne parlassi a Drew lui mi direbbe che se non faccio niente al riguardo, allora non sono affari miei. Ma lui non capisce la nostra amicizia. Gli amici non permettono alle amiche di avere una cattiva prima esperienza sessuale. Oddio, vorrei proprio smettere di pensarci ossessivamente.

Mangio le ali di pollo e guardo la partita, con le orecchie

tese per carpire spizzichi e bocconi della conversazione dalle parti di Kayla che possono sembrare rilevanti. Sto semplicemente cercando di proteggerla.

Più che altro sta parlando con le sue amiche, qualcosa che riguarda i film della trilogie *Fierce*. Devo smettere di spiarla. Sta bene. I film non possono farle male.

«Grazie!» esclama Kayla, alzando il bicchiere di vino rivolta ai due tizi poco più che trentenni in fondo al bancone. Sono gli insegnanti delle superiori.

Jenna fa loro segno di avvicinarsi.

No.

Un momento dopo i due tizi mi stanno bloccando la visuale, uno accanto a Kayla e l'altro a Jenna.

Un pugno sbatte sul tavolo, facendomi sobbalzare. Alzo gli occhi e Drew scuote la testa.

«Che c'è?»

Lui si china sul tavolo. «Se non hai intenzione di fare la tua mossa, devi andartene. La stai fissando in modo un po' troppo evidente.»

Sapevo che sarebbe stata quella la sua posizione. È un tipo chiaro, sempre sì o no, dentro o fuori. Non credo sia mai stato incerto su qualcosa in vita sua. «Non sto fissando.»

Il suo sguardo incredulo è micidiale.

Sto per protestare che Kayla è solo un'amica, ma non ci credo più nemmeno io. Non ha ottenuto da me ciò che voleva e quindi ha voltato pagina. Maledizione. Non riesco a sopportare di vedere un tizio che ci prova con lei. «Vado a casa.»

Drew alza una mano. «Probabilmente è meglio.»

I suoi modi da fratello maggiore che sa tutto mi danno sui nervi. Mi chino attraverso il tavolo. «Tu non stai facendo meglio di me, visto che stai spiando Audrey. Perché non fai la tua mossa?»

Il suo volto diventa inespressivo. «Audrey è confusa. Non sa quello che vuole.»

«Quindi non tenterai nemmeno?»

«Ero la sua cotta da ragazzina. Niente di reale.» Il suo

sguardo va per un attimo al tavolo di Audrey e poi lui torna a guardare la partita, stringendo le labbra.

«Giusto.»

Mi alzo, do un'ultima occhiata a Kayla che sta parlando entusiasticamente con l'insegnante di matematica del liceo, Steve Zimmer, ed esco.

'Fanculo.

Faccio dietro front e vado dietro di lei, le tiro indietro la testa e mi chino sopra di lei. «Salve, mia dolce fidanzata.»

Lei sorride. «Pensavo te ne fossi andato.»

«Non sopportavo l'idea di lasciarti così presto.»

Indico a Steve di togliersi di mezzo. Lui borbotta e si tira indietro. Prendo il suo posto e sorrido a Kayla.

«Sei terribile» sussurra lei.

«Che c'è? Ti stavo aiutando. A che servono gli amici?»

«Non per quello che speravo. Almeno non tu.»

Le metto una ciocca di capelli dietro l'orecchio. «Ci stavo pensando.»

Le sue guance diventano immediatamente rosa, gli occhi brillanti e vogliosi. «Davvero?»

«Ciao a tutti, che cosa sta succedendo qui?» abbaia una voce maschile da dietro il bancone.

Mi volto a guardare Wyatt. «Ehi, com'è andata la luna di miele?»

«Perfetta, grazie» risponde lui seccamente, guardando alternativamente Kayla e me. «Che cosa mi sono perso?»

«Siamo fidanzati» dice Kayla, alzando la mano con l'anello e ridendo.

Wyatt le afferra la mano ed esamina l'anello e sussurra ferocemente: «Questo è l'anello di Paige. A che razza di gioco state giocando e di chi è stata l'idea?».

«Rilassati.» Kayla si alza e si guarda intorno prima di fargli segno di avvicinarsi. Wyatt si china sopra il bancone. Lei gli sussurra della mia ex e del fatto che stiamo fingendo di essere fidanzati per tenerla alla larga.

Wyatt si raddrizza. «È tutto? Non c'è nient'altro in ballo?»

«Nient'altro» lo rassicuro. *Almeno non ancora.*

Kayla si volta verso di me con un'espressione dolce sul viso. «Siamo solo buoni amici.»

Sento il sangue scorrere veloce nelle vene. Abbiamo ancora una possibilità. Per aiutarla cioè.

Un momento, ho appena detto "abbiamo"?

Kayla

Wyatt mi ha invitato per il brunch domenicale del diner stile anni Cinquanta qui in città. Sa quanto mi piacciono i waffle. È un posticino carino dietro la stazione di servizio. Dall'altra parte della strada c'è un centro commerciale con un supermercato, un posto specializzato in bagel, una pizzeria e un ristorante cinese. È un po' che non vedo Wyatt noi due da soli. È bello che abbia trovato un po' di tempo per me.

Ha la barba scura, corta e curata e un'abbronzatura invidiabile grazie alla recente luna di miele a Bora Bora. Abbiamo entrambi folti capelli scuri e occhi castani. Fa il suo solito controllo sulla mia ricerca di un posto di lavoro e quale tipo di mansione mi piacerebbe svolgere. È del parere che bisogna amare il lavoro che si fa per fare veramente la differenza. A me piace la matematica. Papà era professore di matematica a Princeton e ho un'attitudine naturale. Gli chiedo della sua luna di miele e lui è felice di mostrarmi un milione di fotografie.

Poi, proprio mentre sto finendo il mio waffle con fragole e panna, Wyatt mi inchioda con un'occhiata dura. «Di chi è stata l'idea del finto fidanzamento?»

«All'inizio mia. Ho chiesto a Adam di fingersi il mio fidanzato alla festa a casa della mia professoressa perché sapevo che ci sarebbe stato Rob.»

«Rob, lo stronzo che ti ha lasciato all'altare.»

«Sì, ma adesso sono contenta che sia successo. Era una pessima idea. Mi aveva spinto a sposarci in segreto solo per via della mia regola di aspettare il matrimonio per fare sesso. Adesso sembra tutto piuttosto ovvio.»

«Sono felice anch'io che non sia successo, anche se detestavo vederti soffrire.»

Allungo la mano sopra il tavolo e gli stringo il braccio. «Grazie. Ti sono debitrice per avermi accolto in casa tua e avermi aiutato a rimettermi in sesto.»

«Sempre. E intendo proprio sempre. Anche adesso che sono sposato, se hai bisogno di un posto sicuro dove stare, la mia porta è sempre aperta.»

Mi sento stringere la gola per l'emozione. «Grazie, Wyatt. Sei il miglior fratello al mondo.»

Lui mi ringrazia con un cenno della testa. «Quindi hai invitato Adam a recitare la parte del fidanzato alla festa e poi avete deciso di continuare a recitare quando la sua ex è tornata in città. È così che è andata?»

«Praticamente sì.»

«E per quanto continuerete con la sciarada?»

«Solo per l'estate.»

Wyatt gesticola incredulo. «Un'intera estate?»

«Sì, non è così grave.»

Lui stringe le labbra. «Kayla.»

«Che c'è? Va tutto bene.»

«Puoi continuare con questo gioco solo fino a un certo punto prima che uno dei due cominci a crederci. Probabilmente tu. Non voglio vederti star male di nuovo. Non è una buona idea. Dovresti smettere, per il tuo bene.»

«Ma Amelia è ancora in città. Si fa viva regolarmente a casa di Adam. È importante che sappia che stiamo insieme e che è una cosa seria.»

Lui picchietta le dita sul tavolo. «Andiamo al sodo? Riesci a vederti con lui come una vera coppia?»

Guardo fuori dalla finestra. Provo dei sentimenti per Adam, ma non riesco a evitare di pensare che non sia pronto per niente di serio, specialmente avendo Amelia in città come costante promemoria. «Non lo so.»

«Significa sì. Ti conosco, Kayla. Hai il cuore tenero. È il

motivo per cui ti devi proteggere. Lascia che si occupi da solo della sua ex.»

Smetto di trattenere il fiato. «Siamo solo amici. Non ti devi preoccupare, okay?»

Sfortunatamente è la deprimente verità. Certo, ci siamo scambiati dei messaggi durante il fine settimana ma venerdì e sabato ho dovuto lavorare. Oggi è domenica e Adam non mi ha invitato a fare niente. Forse è contento che abbia rifiutato la sua proposta e adesso stiamo tornando alla situazione originale. Accidenti, il mio bluff mi si è proprio ritorto contro.

La cameriera si avvicina e Wyatt ordina un caffè. Io mi accontento dell'acqua dato che l'ho già bevuto.

Il mio telefono suona annunciando un messaggio e lo tolgo dalla borsa. «Devo controllarlo, nel caso si tratti di lavoro.»

Adam: *Che cosa fai oggi?*

Il mio cuore batte più forte.

Io: *Brunch con Wyatt, ma poi sono libera.*

Adam: *È arrabbiato per la faccenda del finto fidanzamento?*

Io: *Sta solo cercando di proteggermi, come al solito.*

«Hanno bisogno di te al lavoro?» chiede Wyatt.

Adam: *Digli che siamo solo amici.*

Sento una stretta al cuore, anche se è esattamente ciò che ho già detto a Wyatt. Alzo gli occhi. «No, non si tratta di lavoro.»

«Chi è? Eri sembrata felice e poi sei diventata triste.»

Mi conosce veramente bene. Si è occupato di me durante tutti gli alti e bassi della vita fin da quando avevo sette anni. Ma ora sono una donna adulta e sono in grado di fare i miei errori o le scelte giuste. Non so quale dei due sia Adam, tutto ciò che so è che voglio scoprirlo.

Gli rispondo. *Ti chiamerò dopo il brunch.*

Rimetto il telefono nella borsa. «Era Adam. Credo che abbia bisogno che reciti il ruolo della fidanzata più tardi.»

Wyatt si appoggia allo schienale e scuote la testa. «Non è una mossa astuta. Usa la testa.»

Sospiro. «Sono un'adulta ora. Posso affrontare qualunque cosa la vita mi metta davanti.»

«Non significa fare qualcosa che sai che non è un bene per te.»

Lo guardo negli occhi e dico con decisione: «Siamo amici e se questo porterà a qualcosa di più con lui, a me sta bene».

I suoi occhi castano chiaro si addolciscono. «Lo so, nanerottola. È di lui che mi preoccupo.»

9

Torno a casa e mi cambio: canottiera rossa, gonna bianca, sandali col tacco e il cinturino intorno alla caviglia. Devo abbandonare il mio solito aspetto da ragazza della porta accanto e questo è il completo più sexy che ho. Forse dovrei comprarmi delle scarpe con il tacco a spillo.

Esco dal parcheggio e guido fino all'altra parte del lago percorrendo la lunga strada verso casa di Adam. Non ho chiamato. Mi farò semplicemente viva.

Una volta lì guardo la casa in stile coloniale a due piani, ben tenuta. È ora che metta tutto in gioco. Ho intenzione di rivelargli i miei crescenti sentimenti per lui, fargli sapere che non si tratta solo di sesso e che è ora che ci dia una chance.

Bau, bau, bau. Tank abbaia verso di me attraverso la finestra del soggiorno e il suo adorabile testone appare dietro le tende trasparenti. Adam tira indietro la tenda e mi guarda anche lui. Il suo aspetto magnifico, in jeans e maglietta, dà una scossa al mio sistema.

Lo saluto con la mano, impietrita. Una vocina nella mia testa mi dice di andarmene, un'altra, più forte, le dice di chiudere il becco. Di colpo, sembra che ci sia in ballo molto più della mia verginità. Il mio cuore batte come un tamburo, come se sapesse che sto per spalancare la gabbia nella quale l'ho nascosto.

La porta si apre un attimo dopo. Adam mi studia lentamente, dai miei capelli in disordine alla canottiera, alla gonna, giù fino ai piedi. Alza lentamente la testa, con gli occhi ardenti fissi nei miei.

Mi manca il fiato. «Sono venuta qua oggi...»

«So perché sei qui.» E poi mi tira dentro, mi stringe a sé incollando la bocca sulla mia. Sento una vampata di calore e una pressione nel basso ventre che dice che è *esattamente* ciò di cui ho bisogno. Mi accorgo vagamente della porta che si chiude alle mie spalle. Le sensazioni che mi inondano il cervello mi lasciano in un raro stato di completo vuoto mentale.

La sua bocca si addolcisce, sfiorando la mia con un bacio dopo l'altro, mentre mi tiene il volto con la mano appoggiata alla guancia. Gli metto le braccia intorno al collo e mi premo contro di lui. Lui fa scivolare le mani fino ai fianchi e poi torna su. I suoi baci sono profondi e lunghi e sento il mio corpo che si scioglie contro di lui.

Adam scende con le mani sul mio sedere, tenendomi stretta a lui. Il suo odore, il suo sapore, i baci si uniscono per cullarmi in un ritmo senza senso e i miei fianchi si arcuano, cercando di più. Lui si sposta, passandomi la bocca sul collo.

Trattengo il fiato, con un pensiero fastidioso in mente. «Non sono la ragazza della porta accanto che sposi. Sono il tipo che scopi e via.»

Lui borbotta un'imprecazione, con gli occhi fissi nei miei, poi mi abbassa le spalline. Penso che abbia capito il messaggio. È il tipo di canottiera che non richiede un reggiseno e un momento dopo sono completamente esposta.

Adam continua a baciarmi mentre mi accarezza il seno, strofinando i capezzoli con il pollice. Persa nelle sensazioni, gli afferro la maglietta. Una sensazione pulsante, provata solo raramente, mi dà le vertigini. Il desiderio esplode. Adam si china, passa la lingua sul mio capezzolo prima di prenderlo in bocca. Ogni piccolo strappo produce un pulsare insistente, un bisogno disperato. Gli passo le dita tra i capelli, le ginocchia stanno diventando sempre più molli. Quando passa all'altro seno, le mie mutandine sono fradicie.

«Voglio tutto» dico. «Adesso, subito.»

La sua bocca copre la mia, zittendomi con un bacio. Estraggo la sua maglietta dai pantaloni e infilo sotto le mani. Ha la pelle calda e i muscoli duri della sua schiena mi eccitano. Adam mi solleva la gonna, sposta le mutandine e mi tocca nel mio punto più intimo.

Ansimo, è una sensazione nuova per me.

Lui alza la testa, fissandomi negli occhi per un lungo momento. Continua a tenere la mano appoggiata al mio sesso ma smette di muoverla. Gli afferro il braccio. «Non fermarti.»

Lui studia la mia espressione prima di reclamare di nuovo la mia bocca. Le sue dita mi accarezzano, su e giù, inondandomi di sensazioni. Gli afferro il braccio muscoloso mentre si flette, dirigendo l'azione nel centro del mio piacere. Le mie ginocchia cedono, ma Adam mi tiene con un braccio stretto saldamente intorno alla mia vita.

E poi si ferma. Niente più movimento lì in basso. Stacco la bocca per protestare. Lui mi fa arretrare, guidandomi verso il divano. Ordina sbraitando a Tank di andare sul suo lettino.

Sorrido quando Tank obbedisce, lasciandosi cadere sul suo lettino. «Ti obbedirò se ordinerai a me di andare a letto.»

Adam mi dà una piccola spinta e atterro sul divano. «Va bene anche qui.»

Mi tolgo la canottiera, che penzolava intorno alla vita e la getto da parte. Sono abbastanza sicura che sia il momento giusto per spogliarsi. Allungo le mani verso la sua maglietta, ma Adam mi spinge indietro, si mette in ginocchio e poi mi passa le mano sul lato esterno delle cosce nude. Rialza la gonna e aggancia le mutandine con le dita, togliendomele.

«Allarga le gambe» mormora.

Obbedisco, tremando per l'eccitazione. Mi afferra i fianchi e mi tira in avanti. E poi mi lecca. Sobbalzo, per la sensazione intima sorprendentemente intensa.

«Rilassati» mormora Adam, alzando gli occhi per guardarmi dalla sua posizione tra le mie gambe. «Mi prenderò cura io di te.»

Espiro, tremante. «Lo so. Solo che...» Risucchio il fiato quando la sua bocca torna dov'era, baciandomi e leccandomi. È delicato, lascia che mi abitui a lui. Sento un caldo formicolio che si espande in tutto il corpo e mi rilasso.

Chiudo gli occhi, galleggiando nelle sensazioni. Le sue dita tracciano il contorno della mia apertura e mi irrigidisco, anticipando il dolore che proverò quando mi penetrerà. È il motivo per cui non sono mai arrivata fino a questo punto. Non mi sono mai fidata che un uomo si fermasse quando ne avevo bisogno. Ma Adam non fa niente di più, si limita ad accarezzarmi, avanti e indietro, mentre la sua bocca fa la magia.

Apro gli occhi, la vista della sua testa scura tra le mie gambe aumenta le sensazioni. La sua bocca diventa più insistente, attirandomi verso qualcosa di più scuro, più profondo. Dentro di me la pressione sale. Sto respirando affannosamente, i fianchi si muovono da soli, sono bollente. L'orgasmo mi investe come un'onda di marea, minacciando di travolgermi. Mi arcuo disperatamente sotto di lui, rabbrividendo per il piacere.

«O mio Dio, è stato...» Ansimo ed emetto un gemito, con la testa all'indietro mentre Adam insiste, strappandomi altro piacere, un'ondata dopo l'altra, finché mi affloscio. Cerco di riprendere il fiato. Mi ero decisamente persa qualcosa. Non sapevo che potesse essere così. I miei sforzi in solitaria sbiadiscono al confronto.

Lascio che Adam mi rivesta, troppo esausta per muovermi. Mi rimette le mutandine, sistema la gonna e poi m'infila la canottiera dalla testa, sollevandomi e raddrizzandola e lasciando che sistemi io le spalline.

Sento ancora i formicolii dappertutto: le labbra, le guance, i capezzoli, il mio sesso. Dovremmo andare a letto. Sembra che non riesca a parlare. Mi sento come se fossi drogata.

Adam mi solleva dal divano mettendomi le braccia attorno. Gli appoggio la testa sul petto mentre le sue mani scivolano su e giù lungo la mia schiena, il sedere, i fianchi. Alzo la testa e gli sorrido dolcemente. Sembra tutto così bello in questo momento. «Adam.»

«Sì?»

«Voglio...»

Lui mi zittisce con un bacio e sento il mio sapore sulle sue labbra. La cosa mi eccita ancora di più. Questo uomo sexy mi conosce intimamente. Allungo la mano verso il bottone dei suoi jeans. Lui mi afferra i polsi tenendoli fermi lungo i fianchi mentre la sua bocca saccheggia la mia. Un'acuta fitta di desiderio mi rende improvvisamente frenetica. Mi incollo contro di lui inarcandomi, voglio che mi prenda.

Adam interrompe il bacio. «Come ti senti?»

«Meravigliosamente! Adesso...»

Lui mi volta verso la porta. «Ci vediamo il prossimo fine settimana.»

Resto a bocca aperta. Mi volto a guardarlo. «Mi farai aspettare una settimana?»

«Io lavoro nei giorni feriali, tu lavori il venerdì e il sabato sera. Domenica ti porterò a fare una gita in barca a remi come volevi.»

Non mi va. Avevo pensato che fosse un'idea romantica, ma mi ha appena aperto un mondo nuovo. E anche se mi sento euforica c'è ancora quella pressione dentro di me che richiede di più. «Adam puoi essere solo tu.»

Lui emette un gemito tenendomi il volto tra le mani. «Per favore, fallo per me. Vai a casa. Ci vedremo domenica.»

Mi lecco le labbra. «E tu? Dovrei ricambiare, non credi?» Il suo desiderio è evidente.

«Me ne occuperò quando te ne sarai andata.»

«Posso...»

Mi chiude la bocca con la sua poi mi fa camminare all'indietro continuando a baciarmi. Sono talmente stordita che perdo l'equilibrio. Lui mi fa voltare di colpo e mi dà una bottarella sul sedere.

Poi mi spinge fuori dalla porta.

Resto lì per un momento, sbattendo gli occhi al sole, un

po' disorientata. Passa un'auto, gli uccellini cinguettano, un bambino strilla in lontananza. Il mondo continua a girare, mentre il mio è appena andato fuori asse.

Ho mandato un messaggio a Adam per sapere a che cosa sta lavorando questa settimana e ho scoperto che è qui in città. Significa che sarà a casa poco dopo le cinque. Ho calcolato il tempo per arrivare a casa sua da qualunque punto in città tenendo anche conto della possibilità che voglia farsi una doccia e cambiarsi e sono qui con del cibo cinese per la nostra cena insieme. È il giorno dopo il miglior orgasmo della mia vita e finora erano sempre stati auto-indotti. Decisamente mi stavo perdendo qualcosa.

E non avevo accettato di aspettare una settimana per vederci. L'ha detto lui; io ho protestato. Inoltre gli amici si possono frequentare quando vogliono, specialmente se uno dei due ha appena sperimentato un super orgasmo grazie all'altro amico. Questa è la mia versione e non ho intenzione di cambiarla.

Ho indossato una gonna per facilitargli l'accesso? Ovviamente sì. Oggi indosso una blusa gialla con le maniche ad aletta e una gonnellina a balze blu. Non so se sia sexy, ma ciò che dice è: "Forza, solleva questa gonnellina e prendimi".

Suono il campanello e Tank suona l'allarme abbaiando. Agito le dita per salutarlo quando infila la testa sotto la tenda per guardarmi.

La porta si apre e c'è Adam, con i capelli scuri ancora bagnati dopo la doccia, con un paio di jeans, senza maglietta e scarpe. Resto a guardarlo a bocca aperta, con il sangue che scorre veloce nelle vene. Non l'ho mai visto a torso nudo ed è *fantastico*. Spalle larghe e muscolose, pettorali e addominali definiti, una spolverata di peli che portano direttamente alla patta dei jeans. Devo togliergli quei jeans e...

«Che ci fai qui, Kayla?»

Fisso i suoi caldi occhi marroni. È contento di vedermi. «Ho portato la cena» dico alzando il sacchetto. «Cibo cinese.»

Lui mi fa segno di entrare. «È una sorpresa. Vado a mettermi la maglia.»

«Io penso che tu sia fantastico così come sei» dico con la voce sospirosa.

Adam accenna un sorriso prima di voltarsi e andare di sopra. Apprezzo immensamente la vista da dietro.

Quando sparisce nella sua stanza vado in cucina che è appena dopo la sala da pranzo. Tank mi segue, sperando che gli dia qualcosa da mangiare. Sbircio negli armadietti finché trovo quello che mi serve per preparare la tavola. Poi tolgo i contenitori dal sacchetto e li metto in tavola.

Adam torna. «È molto meglio di quello che avevo in programma: un pasto surgelato davanti alla TV. Grazie.»

Gli sorrido. «Prego. Non sapevo che cosa ti piace, quindi ho preso cinque cose diverse.»

Lui si avvicina e resta in piedi accanto a me. Il mio cuore accelera i battiti. Adam sa di fresco e di pulito. Vorrei affondare la faccia nel suo collo e respirare. Lui mi prende il mento, mi alza il volto verso di lui e mi bacia. Quasi sospiro.

«È stato gentile da parte tua» dice. «Non sono di gusti difficili.» Va verso un armadietto, prende due bicchieri e li riempie d'acqua.

Mi siedo e lui prende la sedia davanti a me.

Aspetto finché si è servito prima di chiarire la situazione. «Spero non ti disturbi che mi sia presentata qui senza invito, ma ieri sono stata veramente, *veramente*, bene», dico arrossendo come un pomodoro al ricordo, «e mi piace sempre stare con te perché tu sei tu e io...»

«Kayla, va tutto bene. Non dobbiamo aspettare una settimana per vederci. Stavo solo cercando di non saltarti addosso in soggiorno.»

«Ma io voglio che tu mi salti addosso, in soggiorno e anche in altri posti. A me sta bene dovunque.»

Lui mi fissa per un momento infuocato. Poi si alza lentamente, con un'espressione decisa. Sento un brivido di eccitazione lungo la schiena. Gira intorno al tavolo venendo verso di me. Sono speranzosa e al contempo temo che stia per buttarmi fuori. Ci sono stati alti e bassi quando si tratta di sesso.

Mi alzo, valutando di buttarmi tra le sue braccia, tentando una scorciatoia disperata per sedurlo. Ma poi non ne ho bisogno. Mi tira verso di lui, incollando la bocca alla mia. Questa volta non esito, gli passo le mani dappertutto, morendo dalla voglia di sentire la sua pelle sulla mia. Riesco a sfilare la maglietta dai jeans e le mie mani vanno in fretta in alto, per accarezzargli la schiena e il petto caldi. I suoi baci diventano più aggressivi, mi afferra i capelli. Mi sta spostando, facendomi retrocedere. La mia schiena colpisce una parete fredda.

Adam sposta la bocca sul mio collo, mordicchiando e leccandomi, facendomi sobbalzare e poi rilassare. Fatico a respirare. Scende sulle clavicole, sul seno attraverso la blusa sottile, succhiando il capezzolo eretto, inondandomi di piacere. Questa volta voglio ricambiare, allungo la mano verso la sua cintura infilandola all'interno. Poi mi blocco, di colpo ansiosa; temo di farlo male. La mia inesperienza mi mette in imbarazzo.

«Dimmi che cosa devo fare.»

Adam si raddrizza, mordicchiandomi il lobo dell'orecchio. «Non devi fare niente» sussurra. «Lascia fare a me.»

Prima che possa protestare ha riportato la bocca sulla mia mentre si libera in fretta della mia blusa. Interrompe il bacio, fa scivolare le spalline del reggiseno sulle spalle e apre il gancio.

«Anche tu» dico, rialzandogli la maglietta. Lascia che gliela tolga e mi sento ubriaca per il successo. Gli metto le braccia intorno al collo. La sensazione della sua pelle nuda contro la mia è così deliziosa che mi strofino spudoratamente.

Lui mi prende il volto con la mano fissandomi negli occhi per un momento carico di tensione prima di continuare a baciarmi. Al mondo non c'è mai stato qualcuno che baci meglio di quest'uomo. Quando rialza la testa ho il fiato corto.

Si mette in ginocchio e io risucchio il fiato, ricordando cosa aveva fatto il giorno prima. Mi toglie le mutandine e poi si rialza con un movimento fluido, infilando le dita nei miei capelli mentre mi bacia in modo aggressivo, facendomi aprire la bocca ed entrando in profondità. Sento il corpo pesante di desiderio, mi sostengo aggrappandomi alle sue spalle, persa in un uragano di sensazioni.

Adam mette la mano sotto la mia gonna e geme quando sente come sono bagnata. Mi accarezza lentamente su e giù e io arcuo i fianchi per aumentare la pressione. Il suo pollice sfiora il centro del mio piacere e di colpo voglio arrampicarmi su di lui, avvolgergli le gambe intorno e sapere com'è sentirsi riempita. Sto morendo di desiderio. Alzo una gamba, avvolgendola intorno al suo fianco, sperando che capisca il messaggio.

Continuando a fare la sua magia con il pollice, Adam interrompe il bacio per sussurrarmi all'orecchio: «Rilassati. Questo è per te».

«Mi piace» dico un po' senza fiato. «Ma...» Adam applica un po' più di pressione con il pollice. «Adam...» finisco fiaccamente, abbassando la gamba.

Mi stringe la nuca baciandomi di nuovo nel suo modo travolgente continuando a lavorare col pollice. Le sensazioni fanno a gara dentro di me e la pressione aumenta. Il mio corpo si piega e poi esplodo mentre la sua bocca ingoia il mio debole grido. Il suo pollice rallenta, prolungando il piacere in una lunga, morbida ondata. Gemo e mi affloscio, appoggiandomi alla parete col respiro affannoso.

Adam mi sfiora con un bacio e poi si tira indietro, studiando la mia espressione.

Io gli accarezzo la guancia ruvida di barba. «Per favore, non cacciarmi via.»

Lui mi stringe tra le braccia. «Non ho intenzione di cacciarti via. Non abbiamo nemmeno mangiato la favolosa cena che hai portato.»

Guardo sopra la sua spalla. «Uh-uh. Tank ha mangiato la tua cena.» Fortunatamente non mi ero ancora servita.

Adam si volta vede il suo piatto leccato fino a brillare. «Tank! Fuori.»

Tank abbassa il testone come fosse la peggior punizione al mondo. Preferisce stare in casa. Cerco di non ridere. Adam lo mette nel cortile recintato e gli ordina di fare i suoi bisogni.

Ficco le mie mutandine in borsa in modo che Adam sappia che sarò disponibile anche dopo cena. M siedo al tavolo, mi servo e scaldo la cena nel microonde.

Adam torna con un Tank per niente contrito. Aspetto che prenda un piatto pulito dell'altro cibo e che lo scaldi. Quando si siede al tavolo, Tank si sdraia ai suoi piedi guardandolo speranzoso, ora che sa quanto è buono il cibo.

Gli sorride. «Sono rimasta senza mutandine.»

Lui lascia cadere la forchetta. «Kayla.» Ha la voce roca, gli occhi chiusi e un'espressione sofferente. «Che cosa mi stai facendo?»

«Ho dei piani che prevedono una completa reciprocità» lo informo.

Poi mi alzo di scatto mi siedo in fretta sulle sue gambe, in modo che capisca che sono seria.

Adam mi mette la mano sulla guancia e preme la fronte contro la mia per un attimo. Condividiamo un respiro, poi un altro e poi le sue labbra si uniscono alle mie.

Altri baci inebrianti. *Sono irresistibile come partner sessuale.*

Adam infila la mano dentro la mia blusa e mi accarezza il seno. *Che sollievo essermi lasciata alle spalle l'immagine della ragazza della porta accanto e futura moglie.*

Trasalisco quando l'altra mano toglie di mezzo la mia gonna. *Mmm, sì, sì. SÌ!*

10

Adam

Sto giocando col fuoco e lo so. Eppure sembra che non riesca a farne a meno. Non ci riuscirebbe nessuno. Kayla è venuta tutte le sere questa settimana per cenare con me ed è così sexy, così desiderosa di stringersi a me che merita un orgasmo per il suo impegno. Non le ho permesso di restituirmi il favore perché so che appena sarò nudo non riuscirò più a pensare in modo razionale. Questo folle desiderio mi sta uccidendo. Ma ha aspettato tutto questo tempo per fare sesso dopo il matrimonio e non riesco a fare a meno di pensare che sia il tipo di donna che ha bisogno proprio di quello, che se ne renda conto o no nel suo attuale stato di eccitazione.

Tengo troppo a lei per permettere che abbia dei rimpianti.

E una parte di me sa che se supererò quella linea, non ci sarà modo di tornare indietro. Mi perderò in lei che poi se ne andrà. Non posso correre il rischio.

Siamo rimasti entrambi d'accordo che sarà una cosa occasionale.

È venerdì sera e questo significa che deve lavorare quindi mi fermo all'Horseman Inn solo per salutarla. Come ho detto, niente di serio. Entro nella sala da pranzo anteriore proprio mentre lei si volta con una pila di piatti sporchi in equilibrio.

Un piatto vola e la ceramica va in pezzi sul pavimento di legno.

Lei lo fissa. «Oops, mi dispiace!»

I clienti al suo tavolo ridono bonariamente. «Va tutto bene tesoro» dice la donna di mezza età. «Capita anche ai migliori.»

Suo marito si dice d'accordo, arrivando ad alzarsi per aiutarla.

Kayla lo ferma alzando una mano. «È tutto okay. Pulirò tutto in un attimo.» Alza lo sguardo verso di me. «Adam.»

Sento il sangue scorrere più veloce nelle vene. Vorrei portarla in un angolo buio e premere la bocca sulla sua, baciarla finché si scioglie contro di me gemendo piano. «Salve.»

Le sue guance si tingono di rosa. «Devo pulire questo disastro.»

«Fai pure.»

Lei si affretta ad andare in cucina per depositare i piatti che ha ancora in mano. Indossa l'uniforme dell'Horseman Inn, pantaloni e maglietta nera. Niente di lontanamente sexy, ma non riesco a non guardare i suoi fianchi che ondeggiano mentre passa.

Mi siedo al bar affollato. Sono in gran parte donne di mezza età che alternano il lavoro a maglia al bere. Probabilmente ci sono fermate dopo la serata dei quiz del venerdì. Sydney ha accennato al fatto che a quella serata partecipano regolarmente i membri di quel club. Ordino un bicchiere di selz e dei ravioli. Il menù è diventato molto più interessante con il nuovo chef. Rispetto il suo lavoro anche se Sidney dice che flirta spudoratamente, cosa che non apprezzo molto, visto che Kayla lavora con lui.

Kayla mi passa davanti di corsa qualche momento dopo con la scopa e la paletta. Corre indietro di nuovo e torna con lo spazzolone. Poi corre indietro. Si fa un bel po' di esercizio, facendo la cameriera. Almeno lei.

Continuo a seguirla con gli occhi mentre sorride e chiacchiera con i clienti e ogni tanto lascia cadere una posata o una cannuccia. È un tipo socievole, diversamente da me. A me la gente piace in piccole dosi. Tranne quando si tratta di lei, sembra che non ne abbia mai abbastanza. Va tutto bene, non andrà avanti per molto. Kayla ha fatto parecchi colloqui. Da un giorno all'altro lei se ne andrà per cominciare la sua nuova avventura. Io sarò il ricordo nebuloso di un'estate. Un'avventura estiva, ecco che cos'è. Un'avventura che comporta piacere per lei e bisogni insoddisfatti per me. È una tortura, una dolce tortura, ma ci tengo a farle questo regalo. È nuova nelle faccende di sesso, di ogni tipo. Sono stato il primo uomo a toccarla, a leccarla e a vederla esplodere in un orgasmo. E non è una cosa da poco. Lei si fida di me e non ho intenzione di tradire questa fiducia deludendola senza l'intenzione di avere una relazione seria. Non so perché la cosa mi turbi tanto. Sto evitando le relazioni e lei è sul punto di andarsene. Dovrebbe essere perfetto.

Finisco la cena e non ho più una scusa per restare. Sono stanco per il duro lavoro di oggi, visto che ho dovuto spostare grosse travi di legno per un ampliamento.

E poi Kayla viene direttamente verso di me con un sorriso luminoso sul suo bel volto. Mi sento invadere dal calore e resisto appena al desiderio di abbracciarla.

Lei si ferma accanto a me che mi sussurra: «Ho una pausa di quindici minuti. Vieni con me». Mi afferra la mano tirandola.

So che non dovrei. Lei continuerà a volere sempre più di quello che facciamo ogni volta che ci vediamo. Sta diventando dura... Mmm, duro, ed è quello il problema.

«Andiamo a fare una passeggiata intorno al lago» dico.

«Usciremo dal retro» mi dice.

La seguo attraverso la cucina.

Il nuovo chef, Spencer, le sorride. «Kayla, amica, sarà meglio che non lasci cadere le perfette bistecche alla fiorentina che servirò stasera.» È un po' troppo bello, coi capelli scuri, gli occhi azzurri e la barba. Potrei farmi crescere la barba, se volessi andare oltre al paio di giorni di crescita. Sta flirtando con lei, che non se ne accorge nemmeno. È ancora completamene innocente.

«Giuro che non le lascerò cadere» gli risponde Kayla ridendo.

Guardo Spencer a muso duro.

«Adam» dice lui con un cenno della testa.

«Spencer» dico a denti stretti.

Kayla ci guarda e poi continua verso le scale sul retro che portano al suo appartamento.

«Pensavo che saremmo andati a fare due passi» dico seguendo il suo bel sedere sulle scale.

«Stai camminando no?»

Mi fa entrare nel suo appartamento che è minuscolo. Ci sono stato molte volte prima che ci si trasferisse lei. Quella che dovrebbe essere il soggiorno è usato come magazzino per il ristorante. Ha solo una camera e un bagno. Deve usare la cucina al piano di sotto.

Kayla entra nella camera.

Mi dico di fingere indifferenza. Un quarto d'ora non è molto tempo. Magari potremmo parlare, come se stessimo avendo un vero appuntamento invece di questa cortina fumogena che innalziamo quando tutto ciò che vorremmo veramente è strapparci i vestiti di dosso.

La sua t-shirt vola in corridoio un metro oltre me. Poi tocca al suo reggiseno nero di pizzo.

Lei li segue un attimo dopo, violando il mio spazio personale, sfacciata come pochi. «Salve, straniero.»

L'afferro, con la bocca su di lei, le mani che accarezzano il corpo morbido. Le metto una mano sul sedere e poi tra le gambe e i suoi gemiti mi vibrano in bocca. *Voglio, voglio...*

Non posso continuare a farlo.

Non posso smettere.

Pochi minuti dopo, Kayla si dimena contro di me, nuda, mentre le mia dita creano la magia. La faccio esplodere, godendomi i suoi lievi gemiti, il modo in cui il suo corpo trema contro di me.

Siamo ancora in piedi. Uno di noi è nudo.

Sono duro da far male. Non so fino a quando riuscirò a resistere.

«Adam,» dice Kayla, tirando il bottone dei miei jeans, «per favore, lasciami fare.»

Mi sposto, raccolgo i suoi vestiti e glieli porgo. «Sarà meglio che torni al lavoro.»

«Insisti ancora a farmi aspettare un mese?» mi chiede, incredula.

Avevo completamente dimenticato il mio ridicolo programma di seduzione. «Sì.»

Lei sospira e si rimette il reggiseno. Ha il petto ancora rosato dopo l'orgasmo. Adesso so che cosa le piace, come farla esplodere in fretta o lentamente. Stasera ho dovuto fare in fretta, dato che avevamo poco tempo.

Le volto le spalle, non voglio continuare a torturarmi con il suo corpo sexy.

E poi lei mi sorprende, abbracciandomi da dietro. «Riuscirò a logorarti.»

«Non ci vorrà molto.»

~

Ho deciso che Kayla e io dobbiamo passare più tempo insieme in pubblico per limitare la tentazione, quindi oggi l'ho invitata ad andare a pescare. Parcheggio all'Horseman Inn e le mando un messaggio. È domenica mattina presto, non è ancora l'alba, il momento migliore per stare sul lago. I pesci abboccano all'alba.

Qualche minuto dopo appare lei, con i capelli raccolti in una coda di cavallo, con una t-shirt che sembra stranamente squadrata sulla sua figura morbida, jeans e scarpe spaiate. Mi guarda socchiudendo gli occhi poi viene verso l'auto.

Scendo per andarle incontro. Ha un sandalo nero e uno beige, la maglietta è al contrario e a rovescio. «Buongiorno. Vuoi andare a metterti dei sandali uguali?»

Lei guarda in basso e poi alza gli occhi. «Sono ancora una zombie. Spiegami ancora, perché dobbiamo pescare all'alba?»

«Perché è il momento in cui i pesci abboccano.»

Lei indica i piedi. «Sono comoda così.» Dimena le spalle. «La maglietta si dev'essere ristretta in lavatrice.»

«L'hai indossata al contrario.»

«Cosa?» Guarda l'etichetta. «Oh, è a rovescio.»

«Sì, al contrario e a rovescio... Kayla!» Allargo le braccia, bloccando la visuale a eventuali voyeur. Si è appena tolta la maglietta. Niente reggiseno. *Non guardare, non guardare.*

«Ecco fatto» dice. «Andiamo.»

Guardo in basso. La maglietta è a posto. La coda di cavallo è sbilenca. Va bene così.

Poco dopo siamo sul lago nella mia barca a remi e Kayla sbadiglia poderosamente. «Ho lavorato fino a mezzanotte,» dice, «ho dormito solo cinque ore.»

«Ne varrà la pena. Hai mai visto sorgere il sole?»

«No.»

«È bello. Inoltre potrai catturare il tuo primo pesce.» Ha in mano la canna che ho preso in prestito dal mio vicino Levi.

«Sei sicuro che questi finti vermi inganneranno i pesci?» mi chiede.

«Sì.»

«Beh, finora non ci è cascato nemmeno un pesce.»

«Aspetta e vedrai.»

Kayla resta in silenzio ed è un'ottima cosa. Bisogna restare zitti quando si pesca. Mi rilasso mentre i primi raggi del sole si fanno strada attraverso la cupola verde di fronde che ci circonda. Non c'è niente di meglio che essere fuori, sull'acqua, in una calda giornata estiva.

Do un'occhiata a Kayla per vedere se le piace. La sua testa sta ciondolando in avanti. Le do un colpetto sul piede e lei si sveglia di colpo. «Me lo sono perso?» Si guarda attorno. «Ah, eccolo. Il sole sta sorgendo. Adesso sto bene. Possiamo... Ah! Adam!» Stringe le mani sulla canna. «Ho preso qualcosa! Dev'essere enorme. Sta tirando forte. Che cosa faccio?»

«Tiralo dentro. Usa il...»

Lei solleva la canna e la tira nella barca, con una piccola

trota che si contorce sull'amo. «Prendila! Non voglio che mi tocchi!»

«Qui si fa cattura e rilascio. Devi ributtarla dentro.»

Kayla agita selvaggiamente la canna. «Rilasciala!»

«Smettila di agitare la canna. Afferra il pesce, toglilo dall'amo e ributtalo in acqua.»

«Prendilo tu!»

«Non ci riesco perché continui a spostarlo.»

Lei resta ferma e fissa il pesce con gli occhi spalancati, nel punto dove si dibatte sul fondo della barca. «Adam!»

«Morirà se non lo ributterai in acqua.»

Kayla afferra il pesce e lo lancia fuori bordo. Ne farò una pescatrice!

Poi lei mi tende le mani, ansimando. «Ho bisogno di disinfettarmi le mani.»

O forse no.

❧

Kayla

Temo di aver fatto una brutta impressione a Adam domenica scorsa, quando siamo andati a pescare ed è importante che leghiamo facendo un'attività che gli piace al di fuori dal lavoro. Dopotutto è sempre felice di fare ciò che voglio io. Quindi sto partecipando alla seconda battuta di pesca. Questa volta mi sono preparata.

Innanzitutto sono le undici del mattino, un'ora ragionevole per andare al lago. Non sono convinta che bisogni pescare all'alba. Adam ha ammesso che non ha mai cercato di pescare più tardi la mattina, dato che suo padre gli aveva insegnato che bisogna pescare al sorgere del sole. Oggi possiamo entrambi imparare qualcosa di nuovo. Inoltre mi sono preparata andando nel negozio di esche di Mike, un posto carino che sembra non sia mai cambiato da quando ha aperto nel 1969. Mike è stato molto contento di avermi come cliente.

Adam mi ha appena mandato un messaggio dicendo che è arrivato. Scendo di corsa i gradini e spalanco la porta del ristorante a una soleggiata giornata di giugno. Ho il tasso giusto di caffeina, ho fatto la doccia e indosso una maglietta carina, rosa, con lo scollo a V, pantaloncini di jeans e saldali beige (uguali). Dovevo rimediare all'aspetto scarmigliato della settimana scorsa. Fortunatamente, domenica scorsa era ancora abbastanza buio nelle prime ore della giornata e non credo che Adam abbia potuto darmi una bella occhiata.

«Buongiorno!» cinguetto.

Adam è appoggiato alla sua auto, con le lunghe gambe rivestite di jeans incrociate alle caviglie. «Buon pomeriggio!»

«No, non è ancora mezzogiorno.» Vado da lui e sollevo il mio sacchetto bianco della pasticceria. «Ho portato la colazione.»

Lui apre il sacchetto. «Cupcake per colazione?»

«Sono muffin al cioccolato.»

Lui alza un sopracciglio. «A me sembrano cupcake al cioccolato.»

«I muffin sono un cibo salutare.»

«Se lo dici tu.»

Mi apre lo sportello dell'auto e lo richiude quando sono seduta. Ultimamente sta facendo molti di questi gesti gentili, come se fossimo una coppia. So che ha detto che non è una relazione, ma a me sta cominciando a sembrare diverso.

Aspetto finché siamo sul lago nella sua bella barchetta bianca con i bordi blu per dargli la sua sorpresa. Lui è appoggiato all'indietro, con un berretto degli Yankees e gli occhiali da sole e sembra rilassato.

Io apro la mia sacca Kate Spade, comprata a caro prezzo per festeggiare la mia laurea magistrale ed estraggo il mio tesoro. «Sono andata nel negozio di esche di Mike e ti ho preso questo.» Gli porgo un berretto con due pesci che si guardano e il nome del negozio, poi ne indosso uno uguale.

Lui lo fissa. «Grazie.»

Gli tendo la mano. «Dammi il tuo berretto degli Yankees, lo ritiro nella borsa e tu ti metti quello nuovo.»

Adam controlla l'interno del berretto prima di scambiarlo con quello vecchio. Io lo ficco in borsa e sorrido. «Adesso sembriamo veramente compagni di pesca.» Poi ricordo perché siamo qui. *Oops, ho dimenticato di tenere in mano la canna da pesca per tutto il tempo.* Beh, sembra che stia bene dov'è, appoggiata al bordo della barca. Nessun pesce ha abboccato finora, ma sono sicura che qualcuno presto arriverà a prendersi il pranzo.

«Mike dev'essere entusiasta che tu abbia comprato un cappello» dice Adam.

«In effetti sì. Non sono popolari?»

Adam reprime un sorriso. «Dieci anni fa Mike credeva di aver fatto un affare e ne ha comprati tremila. Ne ha ancora una montagna da vendere, quindi no, non direi che sono popolari.»

«Non vedo perché no. Sono carini. E adesso sembriamo ufficialmente dei pescatori.»

Adam scuote la testa sorridendo.

«Che c'è?»

«Niente. Hai comprato anche dell'esca mentre eri lì?» Guarda la mia borsa. «Immagino di no.»

Beh, avevo intenzione di farlo. «È il motivo per cui ci sono andata, ma...» Arriccio il naso. «La latta di vermi che si contorcevano mi ha fatto venire la nausea, quindi ho detto, no, grazie, Adam ha dei vermi finti che funzionano altrettanto bene. Poi abbiamo avuto una vivace discussione su vermi finti rispetto ai vermi veri, finché gli ho detto che dovevo andare perché avevo un appuntamento con te. È stato allora che ho notato i cappelli carini.»

«Sei una forza della natura.»

Non riesco a leggere bene la sua espressione, con il berretto e gli occhiali. «È una buona cosa?»

«È semplicemente chi sei.»

Storco la bocca, incerta se sia o meno un complimento. «Persino tu, signor Amante della Natura, devi ammettere che non sarebbe molto igienico fare colazione dopo aver toccato degli sporchi vermi.»

Adam toglie una bottiglietta dalla tasca posteriore dei jeans. «Ah, ma questa volta ho portato il disinfettante per le mani.»

Mi metto una mano sul cuore. Visto? Adam continua a fare gesti come questo, come se fossimo una vera coppia. «Sei così premuroso.»

Dopo la nostra tardiva colazione, restiamo a galleggiare per un po', ma semplicemente sott'acqua non si muove niente. Anche se, sopra il livello dall'acqua, Adam mi ha baciato parecchie volte. E, okay, mi sono alzata in piedi per un momento, con l'intenzione di sedermi in grembo a lui, quasi facendo rovesciare la barca. Comunque nessun pesce ha abboccato ai nostri falsi vermi. C'è altra gente sull'acqua adesso, in canoa e barca a remi e, in lontananza, alcune piccole barche a vela.

Adam è gentile a non menzionarlo, ma dopo più di due ore non abbiamo preso un solo pesce. Non che mi importi, sono piuttosto disgustosi e viscidi, ma a Adam piace la sfida, e cerco di farmi piacere quello che piace a lui.

Non ammetto nemmeno la sconfitta, perché è questa l'ora a cui mi piacerebbe andare a pescare e non è per niente brutto essere sul lago con lui. In effetti è veramente piacevole. Adam è rilassato e parla più del solito, mi racconta di suo padre e di tutte le volte in cui sono andati a pescare insieme, solo loro due.

Non mi sono mai vista come il tipo di donna che va a pescare (senza prendere un pesce), ma sono contenta. Non c'è nessun posto in cui vorrei essere più di questo, qui con Adam. Credo di essere già mezza innamorata di lui.

11

Kayla

«Sto solo cercando di dimostrare una cosa» dice Jenna, facendomi sedere in fondo al bancone per il nostro Club del Vino del giovedì. «Si manifesterà direttamente davanti a te, marcando il suo territorio.»

La seguo, insieme a Sidney. Audrey è nella sala da pranzo posteriore per un altro primo appuntamento con un uomo scelto su eLoveMatch. Sembra carino: capelli biondi corti, ben rasato, con una camicia e una cravatta. Le ha persino regalato un libro; una delle cose che lei richiede in un uomo è che legga. Da qui non riesco a leggere il titolo. Le abbiamo tutte segnalato la nostra approvazione.

Mi siedo alla fine del bancone e bevo un sorso di chardonnay. «Adam non è nemmeno qui e, se anche arrivasse, non sarebbe perché sta marcando il suo territorio. È una stupidaggine.»

«È come un orologio» dice Sidney. «Sette e mezza in punto. L'ora perfetta per il mercato della carne.»

Ridacchio. «Non definirei una serata per donne "mercato della carne". Si tratta perlopiù di donne che si godono i drink a metà prezzo esattamente come noi.» Ci sono un paio di uomini sui trent'anni che guardano la partita. Drew è al suo solito tavolo in fondo, con gli occhi incollati alla TV.

«Sta cercando di impedire a chiunque altro di chiederti di uscire» dice Jenna.

Le mie amiche sanno che è solo un finto fidanzamento. Continuo a ripetere loro che non è una relazione, anche se parte di me lo vorrebbe. Non è giusto che mi aspetti di più. Eravamo stati chiari fin dall'inizio e capisco perché non voglia fare sul serio con nessuno.

«Di solito fa compagnia a Drew» dico.

«Ma ha sempre gli occhi puntati su di te» interviene Sydney.

Sorrido mio malgrado. «Comunque ci vediamo tutte le sere. Stasera non è diverso.»

«Tutte le sere!» esclama Jenna e poi sussurra: «Significa che finalmente non hai più il tesserino da vergine?».

Sidney si china verso di noi per sentire la grande notizia, che, sfortunatamente, non c'è.

Mi appiccico un sorriso sul volto. «No, ma va tutto bene. Siamo solo molto, molto amici.» *Con qualche benefit in più, solo per me.* Lui mi procura un orgasmo e poi mi respinge. Sono frustrata? Sì. Ma non posso veramente lamentarmi, visto come mi fa sentire.

Sidney scuote la testa. «Non capisco. Vi date da fare tutte le sere giusto?»

«Shh» dico, guardandomi attorno per vedere se c'è Adam. Non credo che apprezzerebbe il fatto che condivida informazioni simili. Ma ho già raccontato a loro talmente tanto che non è possibile tornare indietro.

«Mi dispiace» sussurra Sydney. «Che cosa succede?»

Indico a entrambe di avvicinarsi. «Ci fermiamo sempre prima di arrivare a quel punto.»

«Perché?» chiedono all'unisono.

«Penso che sia iperprotettivo, ed è carino. Sta cercando di proteggermi.» *Oppure semplicemente non gli piaccio abbastanza.* Non lo so nemmeno io.

«Digli semplicemente che è okay andare oltre» dice Jenna.

«Già, alcuni uomini hanno bisogno di sentirselo dire.» Sidney aggrotta le sopracciglia. «Non ho mai pensato che Adam fosse uno di quegli sprovveduti. Direi che l'esperienza non gli manca. C'è stata...»

La zittisco, non ho voglia di sentir parlare delle altre donne con cui Adam ha fatto sesso. «Non è un grosso problema. Io sono contenta.»

«Ma non era quello il motivo per cui sei andata da lui?» chiede Jenna.

Tranguigo un lungo sorso di vino. «Sono sicura che prima o poi succederà.»

Jenna si avvicina e sussurra: «Ti ha visto nuda? Sei sexy».

Arrossisco a quel complimento. Perché non può essere Adam a dire una cosa simile? «Grazie e sì.»

Jenna si raddrizza e richiama Betsy, la barista. «Non è un buon segno.»

Una voce maschile che conosco bene risuona dietro di me. «Che cosa non è un buon segno?»

Mi volto con un sorriso radioso sul volto. «Ciao Adam. Jenna stava solo dicendo che stanno per finire il mix per fare i margarita. Non è un buon segno per la serata delle donne. Di solito li vendono a caraffe.»

Lui annuisce. «Lieto di averti visto. Vado a vedere la partita con Drew.»

«Certo, nessun problema.»

Lui se ne va a raggiungere suo fratello.

«Visto? Rapporti perfettamente normali. Decisamente non è qua per tenere lontani gli uomini.»

«Vedremo» dice Jenna. «Ho solo bisogno che un uomo si sieda al tuo fianco per dimostrarlo.»

Sbuffo.

Audrey si siede stringendosi accanto a me. «Basta. Niente più primi appuntamenti. Non ne posso più.» Prende il vino di Sydney e lo finisce.

Guardo dove c'era l'uomo del suo appuntamento e vedo che è seduto con una donna bionda più vecchia.

«Che diavolo!» esclama Jenna. «Ha portato un'altra donna al vostro appuntamento?»

«È sua madre» sibila Audrey. «L'ha invitata per assicurarsi che noi andassimo d'accordo perché non potrebbe mai uscire con qualcuno senza che sua madre l'approvi. Capisco che voglia che piaccia alla sua famiglia, ma al primo appuntamento?»

«Un po' inquietante» dice Sydney.

«Vivono insieme» dice Audrey. «Lui al piano di sotto e lei a quello di sopra.» Audrey rabbrividisce. «Non posso nemmeno pensare... Ragazze, perché è così difficile? Perché non posso conoscere un uomo che mi faccia provare tutte le cose giuste?» indica Sydney. «Come te.»

«Hai dimenticato che lo chiamavo Satana?» le chiede Sydney. «All'inizio non riuscivamo a smettere di litigare.»

Audrey sbuffa. «Sapevamo tutti che era solo tensione sessuale. L'attrazione tra voi due era talmente evidente!» Emette un gemito e si china sul bancone, appoggiando la testa sulle braccia.

Le massaggio la schiena. «Sono sicura che succederà anche a te quand'è il momento giusto.» È il motivo per cui continuo a sperare riguardo al sesso. Devo crederci altrimenti sprofonderò nella disperazione, come Audrey.

Alzo gli occhi, cogliendo lo sguardo acceso di Drew. Sta controllando Audrey. Sono amici, in un certo senso. Non li ho mai visto dirsi più di un salve, ma è così che lo definisce Audrey. Penso che tenga a lei ma non sappia come esprimerlo. E Audrey è suscettibile quando si parla di lui. Sydney dice che sospetta che Audrey gli abbia rivelato di avere da sempre una cotta per lui e che lui non provi gli stessi sentimenti. Anche se a questo punto, con Audrey che è un'adulta, a 29 anni, sospetto che si tratti di qualcosa di più di una cotta. Peccato che Drew sia uno sprovveduto. Forse è nel DNA della famiglia di Sydney. All'inizio lei non aveva capito quant'è meraviglioso mio fratello. Aveva perfino rifiutato la sua prima proposta di matrimonio. Fortunatamente è rinsavita e ha capito che Wyatt è un uomo fantastico.

«Yoo-hoo» dice Jenna a un tizio in fondo al bar, con i capelli scuri e un cappello da baseball messo al contrario. «Posso offrirti un drink?»

Lui le rivolge un sorriso e si avvicina, insieme al suo amico.

Audrey alza la testa e si rivolge a me: «Finirò con nove gatti e una casa piena di libri».

«Sono sicura di no. Inoltre non c'è niente di sbagliato in una casa piena di libri. Forse dovresti limitarti a due gatti.»

«O un cane» dice Adam comparendo al mio fianco. «Come compagni i cani sono superiori ai gatti.»

Jenna mi dà un colpetto sulla spalla, come a dire *te l'avevo detto*. Fa un cenno di saluto ai due uomini che adesso sono vicini a noi.

Studio Adam con il suo velo di barba, una t-shirt bianca e dei jeans sbiaditi. Ha l'espressione riservata di sempre. È veramente così territoriale nei miei confronti? È per questo che si è avvicinato appena Jenna ha chiamato i due uomini?

Siamo in qualche modo finiti in una relazione?

Che cosa gli passa nella testa? Una volta lo sapevo sempre. Adesso è tutto così ambiguo.

Adam comincia a discutere vivacemente con Audrey sul vantaggio dei cani rispetto ai gatti ed è una bella distrazione per lei. Sta veramente ridendo.

Sospiro. Jenna si sbaglia. Sta solo tenendoci compagnia. Non mi ha assolutamente prestato un'attenzione particolare.

E lo devo accettare.

12

Kayla

Sono ufficialmente cinque settimane che Adam e io siamo
fintamente fidanzati. È un'intera settimana in più rispetto al
mese che aveva dichiarato dovesse passare prima di prendere
la mia verginità, ancora non ha mantenuto la promessa e non
sono nemmeno completamente disperata. Okay, sono un po'
irritata, ma anche ridicolmente felice. Temo di aver fatto l'im-
pensabile: aver confuso una relazione temporanea per una
cosa seria. Non che gli abbia detto niente di simile. Succede
solo che quando lo vedo mi sento accendere dentro, perfino
prima che mi tocchi. Quando sorride, quei rari, fuggevoli
sorrisi, il mio cuore manca un battito per l'ondata di affetto. È
semplicemente così meraviglioso, premuroso e gentile.
Possiamo parlare di tutto e riusciamo a farci ridere a vicenda.

Sono più che mezza innamorata di lui. Lo sono in pieno.

Non va bene. Non credo che provi gli stessi sentimenti. Se
così fosse, direbbe qualcosa come *non usciamo con nessun altro*,
oppure mi chiederebbe di essere la sua ragazza, qualcosa di
ufficiale, insomma. Niente.

Sono ben consapevole dell'ironia di avergli detto che non
volevo una relazione seria mentre ora provo un sentimento
completamente diverso. Ma era prima che passassimo tanto

tempo insieme. Liscio sulle ginocchia l'abito rosso a pois bianchi. Adam mi sta accompagnando a casa di Wyatt per il barbecue del Quattro di luglio. Adam e io dobbiamo fare un discorso serio. Ho continuato a rimandarlo perché so che per noi sarà la fine se non ricambia i miei sentimenti. Lui taglierebbe i ponti oppure io soffrirei troppo per apprezzare quello che abbiamo, e non sono ancora pronta ad affrontare il problema. Presto però.

Sospiro. Ci vediamo tutte le sere, a casa sua o a casa mia, durante la mia pausa. E non sono sempre e solo abbracci e baci frenetici. Anche se, certo, ce ne sono parecchi. Andiamo a passeggiare insieme, siamo andati due volte a pescare e l'ho portato a Clover Park per il miglior gelato del mondo che abbiamo mangiato nel gazebo al parco, parlando di tutto e niente.

Che cos'ho fatto? Ho rovinato un'amicizia fantastica chiedendogli di liberarmi della verginità. Tutta quella roba di sesso mi ha seriamente incasinato il cervello.

Do un'occhiata al profilo di Adam, le sue guance con il velo di barba e le labbra da baciare che mi sono così care. In effetti, sembra che stia stringendo i denti. «Va tutto bene?»

Lui si volta per un attimo a guardarmi. «Wyatt non deve sapere che stiamo facendo *cose*.»

Fare cose. Decisamente niente di serio secondo lui. Ingoio il dolore. «Figurati se ne parlo a mio fratello. Non sono affari suoi.»

Adam ride mestamente. «Sì, okay, continuiamo così. Devi far sembrare che siamo solo amici. Non...»

«Che cosa?»

Lui mi rivolge un'occhiata esasperata. «Non abbracciarmi o roba simile.»

«Gli amici possono abbracciarsi. Wyatt sa che sono una persona affettuosa.»

«Lo prenderà nel modo sbagliato.»

«Ti ha detto qualcosa?» chiedo, subito allarmata. Wyatt mi ha sempre protetto, ma adesso è imbarazzante. Per quanto ne sa Wyatt, Adam e io siamo buoni amici che fingono di essere fidanzati. È per quello che Adam mi tiene a distanza?

Adam mi guarda con un'espressione colpevole. «È solo che... Guarda, non volevo dire niente, ma quando ci ha visto ballare al matrimonio, ha pensato che mi stessi facendo una proposta...»

«Cosa!»

«Beh, poi l'hai fatto, quindi non si sbagliava di molto, ma in quel momento mi stavi solo chiedendo di recitare la parte del fidanzato...» Poi continua: «È tutto così incasinato. Non saremmo dovuti arrivare insieme».

Sono così irritata dagli uomini della mia vita che cercano di decidere che cos'è giusto o sbagliato per me. «Quindi non dovrei dirgli che mi hai fatto venire usando la bocca?»

Adam trasalisce. «Kayla.»

«Oppure che non permetti anche a me di farlo? Hai sempre ostacolato una vera intimità fisica. Siamo amici con solo metà dei benefit. Non è normale!» *E io sono ancora un cavolo di vergine con sentimenti troppo forti per restare solo amici.*

«Non c'è mai stato niente di normale nella nostra amicizia» risponde lui.

Sento ribollire il sangue ma resto in silenzio mentre saliamo la collina per andare a casa di Wyatt. E pensare che provo dei sentimenti veri per quest'uomo che mi vede solo come un'amica. Decisamente un'amicizia anormale.

Scendo dall'auto appena parcheggia. Poi mi appoggio alla portiera aperta. «Non preoccuparti. Non gli dirò che siamo amici anormali che permettono solo a uno di loro di denudarsi.»

«Non dire assolutamente niente.»

Chiudo dolcemente la portiera, in modo da non far capire che stiamo litigando e vado in cortile a raggiungere tutti gli altri. Un tempo, la casa di Wyatt era una fattoria. Il vecchio edificio, rivestito di pannelli di legno grigi, è stato completamente rinnovato, con l'aggiunta di altre stanze sul retro. Oltre a ettari di terreno pianeggiante, colline e boschi, la proprietà include anche una caratteristica insolita: una torre idrica costruita in modo da sembrare un faro. Un faro in un posto senza sbocco sul mare. A mio fratello era piaciuta l'ironia ed è il motivo per cui ha comprato questo posto.

Ci vorrà qualche minuto prima che arrivi Adam, che deve far scendere Tank dal sedile posteriore. A Wyatt sta bene che Tank venga a giocare con Palla di Neve (la sua Shih Tzu) e Rexie, la sua pitbull, entrambe femmine, quindi per Tank dovrebbe essere interessante).

Scorgo una piccola tettoia verde con un ventilatore nell'angolo e una ciotola d'acqua per i cani. Wyatt è un papà amorevole per i cani. Ha sei anni più di me e anche per me è stato un padre da quando è morto il nostro. Un giorno sarà un padre fantastico per i suoi figli, anche se credo che ci vorrà ancora qualche anno. Sydney dice che vuole godersi il tempo insieme come coppia. Giuro, quei due... Sono una meraviglia insieme. Sarei in paradiso se avessi io quel tipo di mutua adorazione.

Volto la testa e vedo Adam con un'espressione furiosa. Io, invece, ho un uomo che finge di conoscermi appena a un barbecue, anche se passiamo insieme ogni minuto libero da più di un mese. Inoltre avevamo avuto quell'appuntamento da finti fidanzati e ci eravamo divertiti insieme ancora prima, al matrimonio di Wyatt. Sono praticamente due mesi che stiamo insieme ed eravamo amici già da parecchi mesi.

Perché diavolo mi sono lasciata coinvolgere sentimentalmente?

Sinceramente, come avrei potuto evitarlo? Qualunque donna si innamorerebbe di Adam dopo aver passato tanto tempo con lui come ho fatto io. È generoso, gentile e innegabilmente sexy. Non posso pretendere che sia arrivato anche lui al punto in cui sono io, quando abbiamo entrambi cominciato dicendo che doveva essere una faccenda amichevole. Giusto? Era l'unica condizione.

Fa tutto schifo! Non riesco a credere di aver permesso che succedesse. Ho quasi voglia di entrare in casa di Wyatt e nascondermi. Fingere di conoscerci appena a questa festa mi sembra sbagliato. E anche i miei sentimenti sono ammaccati e doloranti.

Si avvicina Jenna e spalanca le braccia. Indossa un abitino carino che finisce a metà coscia e sandali con la zeppa. «Eccoti qui, ragazza!»

Sorrido e l'abbraccio.

Lei guarda oltre la mia spalla. «E hai portato il tuo brontolone.»

Mi volto verso Adam, che sembra decisamente irritato mentre viene verso di noi con una confezione di birra da sei in una mano e il guinzaglio di Tank nell'altra. «Non è il *mio* brontolone, credimi.»

«Ancora niente?» sussurra Jenna.

«Siamo solo amici» dico, quasi strozzandomi. Davanti all'espressione preoccupata di Jenna, aggiungo: «Va tutto bene. Va bene così».

«Bugiarda.» Mi prende a braccetto e mi guida verso il gruppo. Wyatt ha invitato tutta la famiglia Robinson, Sydney e i suoi quattro fratelli: Drew, Eli, Caleb e Adam lo scontroso. Vedo anche il nostro postino, Bill, fornitore di *tamales* (consegna i *tamales* con la posta in primavera e in autunno), e sua moglie Paula, e un negoziante locale, Nicholas (che assomiglia a Babbo Natale), oltre ad alcuni dei clienti abituali del bar.

Sorrido e saluto tutti.

Wyatt si volta sentendo la mia voce. «Perché ci hai messo tanto, nanerottola?» I suoi folti capelli castani stanno diventando lunghetti, con un'onda disordinata in cima. Si avvicina e mi mette un braccio sulle spalle, baciandomi la testa. «Palla di Neve non vedeva l'ora di conoscere il suo nuovo amico bulldog. Vado a prenderla. È dentro che dormicchia con Rexie.»

«Vado io.» Potrebbe essere un bel piano di fuga dal nervosissimo Adam.

«Non è un problema» dice lui andando verso casa, frustrando il mio codardo tentativo di nascondermi. Il problema è che sono talmente agitata riguardo a Adam che voglio mettere un po' di distanza tra di noi prima di tradirmi. Dovrei fingere che non siamo niente l'una per l'altro come mi ha chiesto lui. Il bastardo.

Abbraccio Sydney, facendole i complimenti per l'abbronzatura. Normalmente non si abbronza, ma tra la luna di miele e il lungo fine settimana che ha appena passato con Wyatt in una casa sulla spiaggia negli Hamptons ha preso un po' di colore. Sydney è una dura e poi dice quello che pensa, come mia sorella Paige. Penso che andrebbero d'amore e d'accordo. Hanno anche entrambe i capelli color Tiziano, anche se quelli di Paige sono merito di un parrucchiere.

Sydney abbassa la voce. «Tu e Adam state litigando? Lui sembra irritabile e tu nervosa.»

«Non è cambiato niente. Siamo ancora quasi amici e quasi no. E per qualche motivo vuole che Wyatt pensi che non siamo niente del tutto.»

Lei guarda verso la casa probabilmente controllando se c'è Wyatt. «Dai, lo sai che Wyatt vuole sempre proteggerti. Ma sono sicura che se voi foste sinceri con lui sarebbe contento che stiate insieme.»

Arriccio le labbra. «Adam ha detto che Wyatt gli ha chiesto di starmi alla larga e a me ha consigliato di non recitare la parte della finta fidanzata, per non rischiare di farmi male. Però se lo avessi ascoltato non avrei avuto questi momenti speciali con Adam.» Mi manca la voce per l'emozione.

Lei mi guarda a occhi stretti e significa che si sta arrabbiando con Wyatt.

Le afferro il braccio. «Non dire una parola a Wyatt. Non è un problema. Seriamente. Adam non prova gli stessi sentimenti per me.» Mi scottano gli occhi per le lacrime. «Io sto bene.»

«Oh, Kayla...»

Scuoto la testa, non voglio la sua compassione. Potrei piangere, Adam lo vedrebbe e Wyatt scatenerebbe un pandemonio per difendermi.

Audrey compare al mio fianco. Ha i lunghi capelli neri

raccolti in uno chignon disordinato. È vestita in modo insolito per lei. Normalmente indosserebbe bluse modeste con i colletti alla Peter Pan, i pantaloni con le pence, forse una tunica morbida e dei leggings se proprio vuole vestirsi casual, ma oggi ha una t-shirt aderente rossa, una minigonna scozzese nei toni del blu e le infradito, e sta favolosamente bene. «Avete letto *Compagni di matrimonio?*» ci chiede. È il titolo scelto dal nostro club del libro.

«Mi dispiace, non l'ho ancora cominciato ma ti prometto che lo leggerò prima del nostro incontro di martedì.» Mi chino verso di lei e le sussurro: «Bel completino. Sei qui per un primo appuntamento?».

Audrey ha condiviso tutte le storie tragiche dei suoi appuntamenti con me. Mi fanno apprezzare ancor di più Adam. Uno degli uomini le aveva detto che gli piaceva che fosse così piccola per parecchi motivi sessuali, che le aveva elencato con dettagli espliciti. *Al primo appuntamento.* Non serve dire che era rimasta così inorridita che se n'era andata immediatamente. Si era alzata nel bel mezzo della cena ed era uscita dal ristorante.

Sospira. «No. Ero seria quando dicevo che prenderò una pausa da eLoveMatch.»

«Ma pensavo che fossi decisa a continuare a cercare, qualunque cosa succedesse.» Ha sempre categoricamente affermato di volere una relazione seria. Dice di essere più che pronta per il matrimonio e i figli.

«Nessuna scintilla» dice facendo spallucce. «Francamente sono veramente stanca degli appuntamenti.»

«Traduzione: niente sesso» aggiunge Sydney, dandole una stretta al braccio.

«Anche quello» dice Audrey, anche se arrossisce.

Mi piacerebbe poter dire ad Audrey che il sesso è sopravvalutato per sentirci entrambe meglio, ma in effetti non lo so. Quello che mi fa Adam è fantastico: orgasmi strabilianti che non sapevo esistessero. Non posso dire nemmeno quello, anche se siamo solo noi ragazze. Preferisco tenere per me e Adam la parte degli orgasmi strabilianti. Forse il sesso non è sopravvalutato, se sei con la persona giusta. Adam e io abbiamo un forte legame di amicizia. Accidenti. Sto decisamente perdendomi qualcosa non facendo sesso.

Jenna si unisce a noi con un bicchiere di qualcosa che sembra fruttato. «La sangria è deliziosa, Syd. Di che cosa stiamo parlando qui?»

«Sesso» risponde Sydney.

«Ah, chi lo fa e chi no» dice Jenna annuendo. «So tutto» aggiunge ammiccando a Sydney.

Audrey e io ci scambiamo un'occhiata. Chiaramene siamo le uniche due che ne facciamo senza, anche se credo di fare qualcosa di più di Audrey. Peccato che si sia fissata su un uomo sprovveduto. Do un'occhiata a Drew, che sta installando una rete da pallavolo con Caleb. Okay, capisco l'attrazione. Drew indossa una maglietta senza maniche verde scuro che mette in mostra i suoi bicipiti sviluppati. Ha i capelli castani lunghetti e un velo di barba sulle guance. Ha un po' l'aspetto di un ribelle, di un duro. Anche se non riesco a capire come una bibliotecaria secchiona come Audrey si sia fissata con lui. Non sarebbe più felice con un tipo altrettanto secchione? Drew pratica le arti marziali e prima di quello era un militare. Per lui gira tutto intorno al corpo, per lei intorno alla mente. Mmm...

Caleb, con i capelli a spazzola castano chiaro e le guance ben rasate, sembrerebbe un tipo più adatto ad Audrey. Vivace com'è, Caleb sta parlando animatamente con Drew, che a malapena gli fa un cenno della testa ogni tanto. Scommetto che Drew non ha nemmeno notato che Audrey oggi indossa un insieme che mette in mostra le sue curve.

Torno ad ascoltare le mie amiche mentre Jenna parla dell'ultimo gusto di sandwich al gelato preparato con strati di torta. Ha portato una torta al limone con il gelato alla vaniglia e una al frutto della passione con il gelato alla noce di cocco. L'estate è la grande stagione dei sandwich al gelato per il suo negozio.

Mi guardo attorno, cercando Adam. È accucciato accanto a Tank all'ombra della tettoia verde. Mi sta evitando. Immagino che non voglia scontrarsi con me davanti a tutti. Sento che c'è un litigio in arrivo. Io sono così agitata e lui, uffa, è così frustrante.

Wyatt torna con Palla di Neve e Rexie al guinzaglio e i due cani abbaiano come matti, correndo verso Tank.

E quel grosso bulldog, dall'aspetto di duro, sembra allarmato. Emette un suono ringhiante per dissuaderli. Poi ci pensa Adam, che lo accarezza sulla testa. «Seduto.» Tank si siede con i grandi occhi ancora incollati agli strani cani.

Wyatt accompagna i due cani vicino e dà un biscottino a Tank, poi uno anche a Palla di neve e a Rexie. Comincia a parlare con Adam e i cani si annusano a vicenda, girando buffamente in tondo per annusare i reciproci sederi.

Adam alza gli occhi e il suo sguardo si sofferma su di me per un intenso momento.

Che cosa significa? Vuole che vada da lui? È ancora arrabbiato? Non riesco a capirlo. Quest'uomo è un dannato mistero. Devono essere tutte le mie emozioni che si mettono in mezzo impedendomi di tradurre le espressioni di Adam, come facevo una volta.

Wyatt segue la direzione dello sguardo di Adam e mi fa un cenno di saluto con la testa. Possono avere la loro conversazione da uomini senza di me. Io sto benissimo con Sydney, Jenna e Audrey.

Faccio del mio meglio per concentrarmi sulla conversazione, ma i miei occhi continuano a finire su Adam. È quasi sempre in compagnia di Wyatt ed entrambi hanno una birra in mano. Adam sorride e mi rendo conto che mio fratello deve piacergli veramente. Non è tipo da sorridere molto. Tranne che con me.

Poco dopo cominciamo tutti a mangiare. Adam si siede davanti a me al lungo tavolo di vetro del patio e mi guarda intensamente. Io arrossisco immediatamente. È tutto ciò che serve tra noi due: un'occhiata bollente.

Evito di guardarlo negli occhi mentre mangio, un sandwich di pollo grigliato e un'insalata. Faccio del mio meglio per parlare con Audrey, seduta di fianco a me, ma sento gli occhi di Adam su di me.

Alzo lo sguardo quando finisco di mangiare.

Adam indica la casa con un cenno della testa, con le labbra da baciare che si curvano leggermente verso l'alto. Leggo forte e chiaro quel segnale. No. Non ci daremo da fare. Innanzitutto, siamo a una festa. Secondo, per qualche folle motivo, Wyatt non deve sapere di noi. Come se fosse orribile che io mi diverta con un uomo. Terzo, sono arrabbiata con Adam per... Non lo so. Tutto! Perché non mi permette di avvicinarmi fisicamente, perché vuole che le cose restino casuali anche se stiamo passando tanto tempo insieme. Non posso essere l'unica a provare questi sentimenti, no?

«Pensavo che fossi arrabbiato con me» gli sussurro.

Le conversazioni si fermano intorno a noi mentre tutti rizzano le orecchie.

Lui si alza, raccogliendo il suo piatto e le posate di plastica. «Non sono mai stato arrabbiato con te» mormora prima di dirigersi in casa.

Lo imito, seguendolo. Sento Wyatt che chiede: «Perché dovrebbe essere arrabbiato con lei?».

Sydney risponde a voce bassa, ma deve aver detto qualcosa di ragionevole, almeno secondo Wyatt, perché non mi segue.

Raggiungo Adam in cucina, uno spazio luminoso e moderno, con armadietti bianchi, una grande isola con il ripiano di granito ed elettrodomestici di acciaio inox. Adam sembra fuori posto con la sua maglietta nera e i jeans. Mi sembra quasi di vedere la cintura degli attrezzi che normalmente gli pende sui fianchi. Il suo posto è in laboratorio, in mezzo alla segatura. Sono sempre stata attratta dai tipi intellettuali, eppure è solo Adam che mi inspira passione. E tanto di più.

Mi volta la schiena mentre chiude la pattumiera sotto il lavello. Lo raggiungo e lui la riapre per me. Mi dà un'occhiata di sottecchi. «Eri tu a essere arrabbiata con me, non viceversa.»

Tengo la voce bassa. «Hai detto che la nostra amicizia era anormale.»

«Tu hai detto che quello che stiamo facendo è anormale.»

Entra Audrey. «Stiamo avendo un tempo bellissimo, vero?» La sua voce è un po' troppo acuta e allegra. Deve averci sentito e sta cercando di nascondere l'imbarazzo. Butta il suo piatto nella pattumiera e prende una bibita dal frigorifero.

«Certo» dico ad Audrey, stando al gioco. Lei e io abbiamo superato la fase in cui si parla del tempo.

Faccio segno a Adam di seguirmi nella biblioteca, la stanza accanto. È dove è cominciata la nostra amicizia. L'ha costruita quasi tutta Adam, dagli scaffali agli armadietti, dalle modanature ai rivestimenti delle pareti e alla scala scorrevole. Ha persino restaurato il pavimento di legno sostituendo alcune assi e integrandole senza che si noti. È un vero artista.

Entro nella stanza e sento la porta che si chiude alle mie spalle. Provo un brivido di eccitazione. Siamo da soli. *No, non sei qui per pomiciare con lui. È ora di parlare. Seriamente.* Deve capire che non voglio più essere amici con un benefit per una sola parte. Voglio condividere tutto con lui, fisicamente ed emotivamente. Voglio tutto.

Lui si avvicina, fissandomi negli occhi e la mia testa si svuota. Mi spinge contro la porta, con le dita nei miei capelli, tenendomi ferma mentre la sua bocca si scatena. Sento una fitta di desiderio che mi stordisce. Adam scende con la bocca lungo il collo e infila la mano sotto il vestito. Dovrei fermarlo, ma sono molle per il desiderio. Sento la pressione aumentare tra le gambe. Adam mi scosta le mutandine e continua a baciarmi mentre le dita mi accarezzano intimamente.

Mi lascio prendere dalla giostra di Adam, con il piacere che saetta dentro di me mentre precipito verso l'orgasmo. Adam blocca con la sua bocca i miei gemiti mentre le sua dita sapienti continuano il loro lavoro. Sobbalzo quando l'orgasmo mi colpisce, spingendomi inconsciamente contro la sua mano. Lui continua fino a trarre l'ultima stilla di piacere, finché mi affloscio.

Mi appoggio alla porta, respirando affannosamente mentre lui mi sistema il vestito.

Mi bacia il collo, mordicchiando i tendini prima di sussurrarmi all'orecchio: «Il normale è sopravvalutato».

Faccio una risatina. «Non riesco a resisterti.»

Lui mi guarda negli occhi. «È lo stesso per me.»

«Dovrebbe essere reciproco. Io sono pronta. Voglio stare con te.» *Non solo. Voglio tutto di te.*

«Non è così.»

«Oh, sì, invece.»

«Lo pensi, ma non è vero.»

La disperazione prende il posto dell'appagamento. Non mi permetterà mai di avvicinarmi.

Lo spingo via. «Non dirmi che cosa penso. Lo so bene da sola!»

Apro la porta e mi precipito fuori, quasi scontrandomi con Wyatt.

«Stai bene, nanerottola?» mi chiede Wyatt e poi vede Adam, alle mie spalle, ed è ovvio che era da solo con me nella biblioteca. «Che cosa ci facevate in biblioteca insieme?»

13

Adam

Merda. È esattamente ciò che Wyatt mi aveva avvertito di non fare. Ha detto di lasciarmi coinvolgere solo se le mie intenzioni erano serie. Kayla è la ragazza che si sposa. Non sono riuscito a trattenermi, Kayla mi stava evitando e sapevo che se fossimo riusciti a restare da soli sarei riuscito a ricordarle perché le piace passare tanto tempo con me. Non riuscivo a sopportare che fosse arrabbiata con me.

«Niente» gli dice Kayla, e ovviamente non è la verità. Ha i capelli in disordine perché ci ho infilato le mani, la faccia e il petto arrossati per il suo recente orgasmo e le labbra rosse. Quelle labbra imbronciate e sexy.

«Ah, ragazzi» dice Sydney comparendo al fianco di Wyatt. «Stiamo per decidere le squadre di pallavolo, ci state?»

«Solo un attimo» dice Wyatt, dando a Sydney solo una breve occhiata. «Adam mi stava spiegando perché era da solo in biblioteca con mia sorella.»

Sydney stringe le labbra, nascondendo un sorriso. *Kayla le ha parlato di noi?* È rischioso. Potrebbe facilmente finire per raccontarlo a Wyatt.

«Niente, Wyatt» dice Kayla, indicando le librerie. «Mi

stavo solo guardando intorno, ammirando il lavoro di Adam. È un po' che non entro qui.»

«Ammirando il suo lavoro, eh?» interviene Sydney sorridendo. «L'ho già sentito.»

Wyatt le dà un'occhiataccia.

«Non è niente» dico. «Siamo amici.»

Wyatt si avvicina a Kayla, esaminandole il collo. La indica col dito. «Allora perché ha la pelle del collo irritata dalla barba?»

La guardo. In effetti è il segno dei miei denti, ma non credo che Wyatt apprezzerebbe la precisazione.

«Che c'è? Abbiamo pomiciato un po'» dice Kayla. «Contento adesso? Andiamo a giocare a pallavolo.»

«No, non sono contento» dice Wyatt. «Sono io quello che ti ha aiutato a rimetterti insieme quando sei stata lasciata all'altare. *Sapevo* che non avrei dovuto lasciarti recitare la parte della finta fidanzata. Ecco che cosa succede.» Mi inchioda con un'occhiata dura. «E ti avevo specificatamente detto di lasciarla stare a meno che fosse una cosa seria. È una cosa seria?»

«No» ammetto.

Vedo le spalle di Kayla abbassarsi mentre fissa il pavimento. Vorrei immediatamente che fosse possibile rimangiarmelo. Non è occasionale, ma non è nemmeno una cosa seria. Non so che cos'è, ma sembra che non riesca a smettere di stare con lei. Non m'importa nemmeno più di fingere di essere fidanzati. Tutto ciò che m'importa è Kayla, con i suoi sorrisi radiosi e la sua personalità solare. È così facile stare con lei.

«Kayla...»

Lei alza una mano, con la testa alta. «Sì, niente di serio.» Se ne va camminando rigida e Sydney la segue.

Wyatt mi afferra per la maglia. «Che cosa hai fatto? È sconvolta. Le avevi fatto qualche promessa, le avevi detto che era una cosa seria?»

«No.» Gli schiaffeggio via la mano. «Kayla sta bene. Era d'accordo che non fosse una cosa seria.»

«Devo proprio insegnarti tutto delle donne? Il suo tono di voce era completamente sbagliato e se n'è andata da qui con le gambe rigide. È sconvolta, genio.»

Guardo il punto da dove se n'è appena andata Kayla e poi mi volto verso Wyatt. «Non le farei mai del male.»

«L'hai già fatto. Dio, ti prenderei a pugni in faccia se tu non fossi così maledettamente ingenuo. D'ora in poi stai lontano da lei.»

E poi se ne va.

Al diavolo. Non ho fatto niente di male. Ho fatto di tutto per accertarmi che Kayla non avesse rimpianti per il tempo passato con me. Le ho solo dato piacere. E lei mi ha restituito il favore semplicemente essendo se stessa: dolce e spumeggiante.

Mi prendo un momento per pensare alla mia prossima mossa ed esco, trovando il caos.

La tettoia verde è mezza crollata, il cibo sul tavolo del patio è sparso dappertutto e tutti stanno correndo in circolo cercando di prendere Palla di Neve e Rexie.

Vado al tavolo, dove Caleb e Jenna stanno ripulendo il disastro coi tovaglioli di carta. «Che cos'è successo?»

«I cani sono evasi» dice Jenna. «Erano tutti legati a un palo della tettoia e sono scappati, precipitandosi sul cibo mentre nessuno li guardava.»

Dev'essere stato Tank. Il cibo è l'unica cosa che gli interessa ed è forzuto. Immagino che qualcuno abbia legato Palla di Neve e Rexie allo stesso palo e Tank probabilmente ha tirato abbastanza forte da liberarli tutti.

Wyatt sta gridando come un disperato nel bosco, cercando Palla di Neve. Drew, Audrey e qualche altro stanno cercando di catturare Rexie che sta correndo a zig-zag per tutto il prato.

Guardo sotto il tavolo. Tank è lì, sdraiato con la testa sulle zampe, con un'espressione soddisfatta. Accanto a lui c'è un piatto di plastica maciullato, insieme a qualche granello di mais. A lui il mais non piace. «Che cos'hai fatto?»

Lui alza le sopracciglia come per dire *c'è qualche problema?* Poi chiude gli occhi e si mette a dormire.

Non gli metto nemmeno il guinzaglio. Sarebbe una perdita di tempo. Non andrà da nessuna parte. Mi raddrizzo. «Quanto cibo c'era sul tavolo?»

«Più che altro una varietà di insalate» dice Caleb indicando il casino. «Non molto appetibili per i cani. Direi che erano rimasti quattro hot dog.»

«E un paio di hamburger» dice Jenna. «Sydney aveva appena cominciato a ritirare gli avanzi quando ha visto Wyatt entrare, ha notato che tu e Kayla non eravate ancora usciti ed è venuta a impedire lo scontro.»

Caleb sorride. «C'è stato uno scontro?»

Io faccio spallucce e guardo in lontananza mentre gli umani urlano e i cani sembrano apprezzare il gioco. «Non è molto contento.» *E nemmeno Kayla.*

«Cambierà idea» dice Jenna. «Deve solo abituarsi all'idea che la sua sorellina abbia...» Ammicca. «Una vita sociale.»

Stava per dire una vita sessuale. Mi rendo conto che Kayla ha parlato delle nostre cose private con le sue amiche. Non mi piace. Kayla dice sempre quello che ha in mente, in qualsiasi momento. Ci sono dei limiti. Devo fare due chiacchiere con lei.

Mi allontano, andando da Sydney. «Kayla vi ha raccontato di noi?»

«Sì, ma non preoccuparti. È coperto dal codice della sorellanza. Non ho detto niente a Wyatt.» Scuote la testa, sorridendo, mentre Wyatt scarta sulla destra per catturare Palla di Neve, che svolta abilmente a sinistra, evitandolo. Wyatt inciampa e riesce a raddrizzarsi appena in tempo prima di ricominciare a rincorrerla, senza riuscire ad afferrare il guinzaglio che le svolazza dietro.

Stringo i denti. «Sono cose private. Non riesco a credere che ve ne abbia parlato.»

«La tua donna è un libro aperto. Apprezzalo. Saprai sempre quello che sta pensando.»

Solo che non so perché è così arrabbiata. La guardo mentre si accuccia, invitando Rexie ad andare da lei e sembra che il cane ci stia pensando, finché le arriva Drew alle spalle.

A quel punto Rexie scatta di nuovo, correndo intorno alla casa.

Sydney emette un fischio acuto. «Rexie, vieni.» Il cane corre direttamente da lei e si ferma, ansimando e guardandola adorante. «Brava ragazza» mormora Sydney prendendo il guinzaglio. «Basta giocare.»

Si volta e urla: «Wyatt, ho preso Rexie. Smettila di rincorrere Palla di Neve. Crede che tu stia giocando».

«Devo riportarla indietro!» dice voltandosi. «Palla di Neve, vieni. Non sto scherzando.» Palla di Neve esce da sotto i primi alberi del bosco e corre verso il prato.

Wyatt la rincorre, si tuffa verso il guinzaglio e lo afferra. Palla di Neve si contorce e parte di nuovo, sfilandosi l'imbragatura. Ci passa accanto in un lampo: una piccola macchia di pelo bianco diretta verso la casa.

Wyatt riparte come un maniaco, rincorrendola. «Palla di Neve, vieni!»

«Ecco perché servirebbe una recinzione elettrica» urla Sydney.

Wyatt risponde senza smettere di correre. «Palla di Neve è troppo sensibile per uno shock elettrico.»

«È un tale tenerone» mormora Sydney.

Palla di Neve arriva alla porta del patio e la gratta per farsi aprire. Wyatt la apre e poi la richiude subito rientro a loro, piegandosi per riprendere fiato e mostrando a Sidney i pollici in su.

«Non si può non amare la sua dedizione verso coloro che ama» dice Sydney con aria sognante prima di raggiungerlo con Rexie.

Qualche minuto dopo tornano fuori coi cani e rimettono l'imbragatura a Palla di Neve.

Wyatt aggancia un quadratino di plastica al collare di Palla di Neve. «Non so perché non ci ho pensato prima. Un localizzatore GPS funziona meglio di una recinzione elettrica. Syd, togli dal portachiavi quello che ti ho dato e attaccalo al collare di Rexie. Me ne procurerò degli altri.»

«Ottima idea» dice Kayla. «Localizzatori per cani.» Poi

prende il portachiavi dalla sua borsa, ne toglie il localizzatore e lo aggancia al collare di Tank.

Mi sento stringere il petto. È così gentile a interessarsi al mio cane. Non credo di aver mai conosciuto nessuno premuroso come lei.

Sarà un vero schifo quando se ne dovrà andare per il suo nuovo lavoro.

Una volta sparecchiato, riposta la tettoia e messi i cani al sicuro in casa, Sydney e Drew cominciano a scegliere i membri delle squadre di pallavolo. Sono entrambi super competitivi quando si tratta di sport e scelgono le persone che possono avvantaggiarli.

Wyatt è già nella squadra di Sydney e l'insegnante di matematica, molto alto, è nella squadra di Drew.

Sydney sceglie me e Drew sceglie immediatamente Caleb. Osservo i due che si dividono gli invitati finché restano Audrey e Kayla, quelle basse di statura. Avevo cercato di fare in modo che Sydney scegliesse Kayla, ma mi aveva cacciato in malo modo. Per quelle due dev'essere insultante. Perfino Nicholas, vecchio com'è, è stato scelto prima di loro.

Audrey ha gli occhi puntati su Drew, sperando che scelga lei. Tocca a lui scegliere.

«Audrey» dice.

Lei fa un saltello e si unisce alla sua squadra. Drew le indica di andare sotto rete.

Kayla viene lentamente dalla nostra parte.

«Senza offesa» dice Sydney. «Sei solo piccola.»

«Potrei essere brava a pallavolo» replica Kayla. «Non lo sai.»

Sydney dà un'occhiata a Wyatt, che scuote la testa. Sydney volta la schiena a Kayla e mi fa segno di andare avanti muovendo di nascosto le dita. Vuole che copra Kayla. Felice di farlo. Mi metto accanto a lei.

E meno male. Continua a mancare la palla o a non colpirla

abbastanza forte da farle superare la rete. Sono qui per salvarla. Siamo una squadra.

Vinciamo e alzo la mano per darle il cinque. Lei non ci sta. «Adam, sarei riuscita a battere da sola.»

«Avevi solo bisogno di un assist.»

«Non è vero.»

Wyatt mi guarda storto e le mette un braccio sulle spalle, accompagnandola via. È serio? Non c'era bisogno che intervenisse. Kayla sta benissimo.

Le cose continuano a peggiorare. Kayla è brusca con me per il resto della festa e so che il viaggio di ritorno non sarà piacevole. Probabilmente non si fermerà nemmeno a casa mia, anche se siamo abituati a guardare un film la domenica sera, con i popcorn e Tank sdraiato ai nostri piedi. È strano come mi sia abituato in fretta ad averla nella mia vita.

Si capisce che non andrà bene appena sale in auto. Dà un'occhiata a Tank. «Lui si è divertito.»

«Tu no?»

«Sarebbe stato meglio se Wyatt non avesse interferito, non credi?»

Faccio una veloce inversione a U ed esco dal viale, sorpreso dalla sua dichiarazione. Pensavo fosse irritata con me e invece lo è con suo fratello. «Gli ho detto di non preoccuparsi, che eravamo entrambi d'accordo che non era una cosa seria.»

«Giusto. Non significa niente. Ci stiamo solo divertendo un po', uno dei due almeno.»

«Già» dico lentamente anche se è una sensazione orribile sentirle dire che non significa niente. Significa qualcosa, giusto? «Ci piace semplicemente stare insieme e a volte superiamo i limiti, ma possiamo sempre tornare indietro.»

«Beh, è quella la cosa importante, no?» chiede con un po' troppa vivacità. «Nessun danno permanente.»

«Che cosa c'è che non va?»

«Niente. Va tutto alla grande.»

«Non mi sembra.»

«No. Va tutto bene. Non volevo niente di serio e tu ovviamente sei dello stesso parere, quindi non ci sono problemi.»

Le do un'occhiata, senza sapere che cosa dire. Confermare sembra essere l'unica cosa da fare. «Giusto.»

Lei sbuffa. «Non ce la faccio più.»

«A fare che cosa?»

«È colpa mia» borbotta. «Ho fatto tutto da sola. Ho detto una cosa, pensando che andasse bene, e poi è diventato strano e sono ancora un accidente di vergine e non c'è niente che stia andando nemmeno lontanamente bene.»

«Vuoi che non facciamo più niente? È questo il problema? Perché a me sta bene. Possiamo tornare a essere amici. C'è sempre quell'alternativa.»

Lei resta in silenzio.

È snervante, ma non so che cosa dire. Non sono nemmeno sicuro di quale sia il problema.

Qualche minuto dopo, svolto nella mia via.

«No, voglio andare a casa» dice Kayla.

Torno indietro e mi dirigo verso casa sua. «Non capisco quale sia il problema. Eravamo d'accordo che non sarebbe stata una cosa seria. Non è più così?»

«Non è niente.» Guarda fuori dal finestrino. «Non possiamo più vederci, okay?»

«Nemmeno come amici?»

«Non siamo mai stati amici» mormora lei.

«Accidenti se non lo siamo stati. Hai insistito tu che eri mia amica. Abbiamo parlato per mesi prima di superare quel confine. Pensi che lasci avvicinare chiunque?»

Lei volta di scatto la testa verso di me. «Visto? Anche tu pensi che questa situazione incasinata sia tutta colpa mia.»

«Non è una situazione incasinata. Va benissimo.»

«Non c'è niente che vada bene e il problema è *esattamente* il fatto che tu pensi il contrario.»

Sono così confuso. Parcheggio all'Horseman Inn e la guardo. Non so come sistemare le cose perché non capisco che cosa sia cambiato. Sembrava che tutto andasse bene e di colpo non è più così.

Kayla si china e mi dà un bacio sulla guancia. «Addio, Adam.»

Mi sento sprofondare a quelle parole, tutto in me sta protestando. Sembra una rottura. Ma com'è possibile, se non siamo mai stati una coppia? «Kayla.»

Lei scuote la testa, apre la portiera e corre sul retro del ristorante per salire nel suo appartamento. Sono tentato di seguirla, ma non so che cosa potrei dirle per convincerla che non dobbiamo per forza mettere fine a tutto. Non completamente.

Tank piagnucola sul sedile posteriore, come se fosse turbato per la perdita della nostra migliore amica. *Anch'io, amico.*

Non vedo Kayla da due giorni e mi manca. È un dolore che non vuole smettere. Mi mancano il suo sorriso, i suoi occhi scintillanti, le sue chiacchiere allegre. Non so come, noi due siamo finiti con avere una relazione.

Ok, capisco che sia frustrata con me. Le ho impedito di fare sesso, cercando di fare in modo che aspetti l'uomo che un giorno incontrerà e sposerà.

Io non cerco il matrimonio. Persino lei ha detto che non saremmo compatibili da quel punto di vista.

Devo parlarle di nuovo.

Martedì sera mi presento all'Horseman Inn. Non so se lavori stasera. Se non è così la cercherò nel suo appartamento.

Saluto l'addetto all'accoglienza, cerco Kayla nella sala anteriore e poi continuo nella sala sul retro. Niente. E poi sento la sua risata e la vedo in piedi accanto al tavolo in fondo dove si siede di solito mio fratello Drew quando guarda la partita.

Mi sposto per vedere l'espressione di Drew. Le sta sorridendo, un sorriso vero. Mi sento invadere dalla rabbia. Sono furioso perché Drew sa che Kayla è la *mia* amica e sono arrabbiato con Kayla perché quello è mio fratello. È talmente delusa da me che sta facendo delle avance a lui? Aveva detto che pensava fosse un'ottima persona per come cercava di proteggere Sidney, controllando regolarmente come andava il ristorante. Detesto essere geloso.

Kayla prende il telefono e scrive qualcosa ascoltandolo attentamente. Sta registrando il suo numero.

Faccio un passo avanti, pronto a intervenire e poi ricordo che non posso avanzare nessuna pretesa su di lei. Mi ha detto addio. Ha detto che non ce la faceva continuare a fare *qualunque cosa fosse* con me.

Non riesco a guardare. Mi volto ed esco in fretta dal ristorante. Non so cosa pensassi che sarebbe successo. Non avevo preparato un discorso. Volevo solo vederla.

Ora, come risultato, ho questa sensazione orribile nello stomaco e in petto.

Perfetto.

∼

Il resto della settimana passa in una nebbia, mentre ripasso mentalmente tutte le conversazioni avute con Kayla a casa mia, al lago, a Clover Park e in giro per Summerdale. Sto cercando di capire che cosa sia andato storto. Aveva detto che voleva che prendessi io la sua verginità. Io avevo detto: aspettiamo un mese.

Ora è passato più di un mese e lei è arrabbiata.

Okay, è frustrata, ma adesso non vuole più vedermi, quindi come si aspetta che l'aiuti se non ci vediamo? Che senso ha?

Ha detto che non voleva che pensassi a lei come il tipo di donna da sposare. Mi ha perfino elencato tutte le ragioni per cui non eravamo compatibili. Che cosa aveva detto? Qualcosa come: *io sono una chiacchierona e tu preferisci il silenzio. A me piacciono le commedie, tu preferisci il noioso baseball. A me piace ballare e divertirmi alle feste, a te piace lavorare il legno. Non abbiamo niente in comune, a parte mio fratello e tua sorella.*

Immagino che questi argomenti siano ancora veri. Ma

alcune di quelle cose alla fine funzionano. A me piace sentirla parlare. Certo, non ci piacciono gli stessi spettacoli, ma mi piace tenerla stretta al mio fianco quando guardiamo la TV e non importa che cosa stiamo guardando. E non mi dispiace fare delle cose che la divertono perché voglio vederla felice. E lei ammira i miei lavori. Sono sicuro che potrei ammirare il suo lavoro di biostatistica con i suoi schemi e i suoi numeri. O, almeno, lo apprezzerei perché è quello che è brava a fare.

Penso ad Amelia. L'ho vista solo poche volte al lago durante le mie passeggiate con Kayla e Tank e non ho provato assolutamente niente. Che cosa avevamo in comune? Perché avevo pensato che avremmo funzionato come marito e moglie? Il sesso era esplosivo, di solito dopo un litigio. Amelia si lamentava perché non parlavo molto, mi chiedeva continuamente che cosa stessi pensando, come se i miei silenzi significassero che ce l'avevo con lei. Voleva continuamente essere rassicurata che l'amavo. Anche se io pensavo di averlo dimostrato chiedendole di vivere con me. Ora che ci ripenso, non avevamo praticamente niente in comune. A lei piace viaggiare, fare nuove esperienze, incontrare continuamente gente nuova. A me piace la vita tranquilla in una città che ha tutto ciò che ho sempre voluto: comunità, famiglia, natura.

Mi obbligo a scaldare una cena al microonde e a mangiare, sentendo appena il sapore del pollo alla parmigiana e della pasta. È veramente così importante quanto abbiamo in comune? Non è più importante che siamo compatibili? Kayla e io ci completiamo a vicenda. Lei mi accetta come sono e io l'amo così com'è.

Trasalisco, con la forchetta a metà strada verso la bocca. *La amo.*

Balzo in piedi, spaventando Tank che ringhia piano.

Come ho fatto a non accorgermene finora? Adoro stare con lei, parlarle, darle piacere. Tanto da non chiedere niente in cambio. Per lei è un insulto. Ecco qual è il problema. Lei vuole ricambiare e io la respingo tutte le volte. Non è solamente una cosa fisica. È molto di più. Si tratta della vera intimità tra due persone che sono molto più che amici.

Devo dirglielo. È venerdì sera. Lei lavora sempre il venerdì e il sabato sera. Andrò all'Horseman Inn, aspetterò che vada in pausa, salirò a casa con lei e le spiattellerò tutto. Non è necessario che ci diciamo addio.

Arrivo al ristorante a tempo di record, a corto di fiato, spinto dal senso di urgenza. Non ho avuto il tempo di prepararmi un discorso, ma perorerò la mia causa dicendole perché siamo compatibili e che cosa significa.

Mi precipito dentro, cercandola. Non la vedo nella sala anteriore. Vado nella sala sul retro, guardandomi attorno. Niente Kayla. Sto per andare a cercarla nel suo appartamento quando Sydney finisce con un cliente e si avvicina. «Ehi, Adam, va tutto bene? Sembra che ti abbiano rincorso fin qua, sembri nel panico.»

«Dov'è?»

Sydney non finge di non sapere di chi sto parlando. «Voi due non vi parlate? È nell'Indiana. È piaciuta talmente tanto alla società durante il loro colloquio telefonico che le hanno pagato il biglietto dell'aereo e il soggiorno per un colloquio di persona.»

«Indiana» ripeto. È lontano. Dovrei prendere un aereo per arrivare in fretta da lei e il biglietto, all'ultimo minuto, sarebbe costoso. Pagherò il prezzo, non m'importa. Ma se io andassi là mentre lei sta tornando? «Quando torna?»

«Allora, non vi parlate più?»

«Dimmelo e basta!»

«Okay, calmati. Diavolo, non ti ho mai visto così. Respira, okay? Resterà una settimana. Oggi ha avuto un colloquio che è durato tutto il giorno e che è andato veramente bene, quindi ha intenzione di restare per esplorare la zona e andare a trovare la sua compagna di stanza del college.»

Sento una scarica di adrenalina. Riceverà un'offerta di lavoro lontano da qui. Sapevo che c'era questa possibilità ed è il motivo per cui ho lasciato che le cose andassero avanti, ma ora che ci siamo non lo sopporto. «Okay, dove esattamente nell'Indiana? Mi serve l'indirizzo della sua amica.»

«Ritengo sia una cosa di cui devi parlare con Kayla.»

Le afferro il braccio e parlo a voce bassa. «La sto perdendo. Non posso perderla, Syd.»

Lei spalanca gli occhi. «Oh, wow, ti sei innamorato di lei, vero? Sono così contenta...»

«L'indirizzo» dico a denti stretti.

Lei prende il telefono e mi mostra il nome di un albergo. «Ha una bella suite, pagata dalla mega casa farmaceutica.»

Scatto una foto dell'informazione e me ne vado in fretta.

«Faccio il tifo per te, fratello!» urla Sydney. C'è un mormorio di voci curiose dietro di me.

Non ho tempo da perdere. Non posso perderla per sempre.

14

Kayla

Finisco la mia lunga e sontuosa doccia nel bagno rivestito di marmo della mia stanza d'albergo e sospiro. Questa è vita! Una cosa ben diversa dal minuscolo box doccia con solo un filo d'acqua nel mio appartamento. La Noon Pharmaceutical mi ha pagato per stare in questa stanza favolosa, con vista sul centro di Indianapolis. Il bagno ha una vasca e un grande box doccia separato, prodotti per il bagno e di bellezza di alta gamma, morbidi asciugamani bianchi e lo scaldasalviette. Veramente uno spazio sontuoso. Ieri il mio colloquio è andato veramente bene. Ho passato l'intera giornata a parlare con parecchie persone diverse, fino al vicepresidente di Ricerca e Sviluppo. Penso che mi faranno un'offerta di lavoro. Mi faranno sapere qualcosa lunedì.

Vado a piedi nudi nella stanza, altrettanto spaziosa e bella. C'è un letto king-size con un morbido piumone bianco oltre a una zona salotto con un divano e una scrivania. Il servizio in camera dovrebbe portarmi il brunch tra mezz'ora. Niente di meglio dei waffle per cominciare la giornata. Stasera vedrò la mia amica Livvie per la cena e dei drink. Adesso è una mamma, con un bambino piccolo e non vede l'ora di passare una serata fuori. Appena finito il college si è sposata con l'uomo che ha incontrato il primo giorno nel campus. Dice che quando ha visto Justin è stato come se l'avesse colpita un fulmine. Hanno capito immediatamente che erano destinati a stare insieme.

Mi piacerebbe che le cose fossero così chiare per me. Sembra che io proceda a tentoni nelle relazioni, senza mai sapere a che punto sono e alla fine sembra che stia facendo pressioni su un uomo. Forse semplicemente a me quel colpo di fulmine non è ancora successo. Anche se c'è stato qualcosa di speciale con Adam, fin dalla prima volta in cui ho posato gli occhi su di lui, a gennaio. Si era fermato a casa di Wyatt per aiutarlo a rimuovere un albero caduto e non riuscivo a smettere di fissarlo. Non ero pronta per cominciare qualcosa con un uomo in quel momento, ma non avevo resistito alla tentazione di andare a chiacchierare con lui la settimana dopo, quando aveva cominciato i lavori a casa di Wyatt. Eravamo amici, perché era tutto ciò che potevo sopportare, e sembrava che fosse tutto ciò di cui aveva bisogno anche lui. E poi le cose sono cambiate. Le ho cambiate io e adesso ho rovinato tutto. Non siamo più amici.

Mi si riempiono gli occhi di lacrime e scuoto la testa, rimproverandomi. Ho pianto abbastanza per lui. Sono io quella coi problemi. Ho cambiato le regole, lui non vuole niente di serio e non posso aspettarmi che arrivi magicamente al punto in cui sono io.

Tiro su col naso e indosso un top estivo rosa che lascia scoperte le spalle, shorts bianchi e sandali. Dopo il waffle con la panna montata, ho in programma di visitare il centro della città.

Torno in bagno, pulisco lo specchio per vedermi senza la condensa e mi trucco con cura. Anche se dentro di me mi sento uno schifo, all'esterno voglio sembrare a posto. Non vedo Livvie da un paio d'anni e voglio che pensi che ho tutto sotto controllo. Ed è così, quasi. Sto per dar inizio alla mia carriera, dopo anni di scuola. È importante. Non voglio che mi dia un'occhiata e pensi: "Che cosa diavolo è successo?".

Entro nella stanza, apro le tende e guardo tutti gli edifici alti. Sono così diversi dalla cittadina sul lago che ho cominciato ad amare. Dev'esserci un lago qui, da qualche parte. Mi mancherebbe non avere un lago.

Suona il telefono dell'albergo, facendomi sobbalzare. Mi chiedo se ci sia un problema con il mio ordine per il servizio in camera. Accidenti, avevo proprio voglia di mangiare i waffle.

Alzo la cornetta. «Pronto?»

«Salve signorina Winters. Ha un visitatore. Adam Robinson. Vuole che lo faccia salire?»

Mi copro la bocca con le mani. Adam? Qui? Come faceva a sapere dov'ero?

«Signorina?»

«Sì. Lo faccia salire per favore.»

Lo ringrazio e riappendo, con il cuore che batte come un tamburo. Mi guardo intorno, nel panico e rifaccio in fretta il letto, appendo l'asciugamano e raddrizzo i miei articoli da toilette. Che cosa sto facendo? Come se a Adam interessasse se la mia stanza d'albergo è in ordine. Non riesco a credere che sia qui. Dev'essere stata Sydney a dirgli dov'ero.

Mi torco le mani. Che cosa significa?

Cammino avanti e indietro nella stanza e poi apro la porta, cercandolo, troppo agitata per aspettare. L'ascensore suona e lui esce, con un'espressione dura. Ha una sacca appesa a una spalla.

Marcia verso di me con un'espressione seria. «Dobbiamo parlare.»

«Non riesco a credere che tu sia qui.»

«Ho preso il primo volo questa mattina. Mi ha detto Sydney dov'eri.»

Faccio un passo indietro e lo lascio entrare. «Siediti.» Gli indico il divano a due posti.

Lui lascia cadere la sacca accanto alla porta e va a buttarsi sul divano.

Mi siedo accanto a lui. «Stai bene?»

Adam si china in avanti, appoggiando i gomiti sulle ginocchia. «No. Non sono stato bene da quando mi hai detto addio sei giorni fa.» Mi dà un'occhiataccia. «Sei giorni, Kayla.»

Resto a bocca aperta per la sorpresa. Devo essergli mancata.

Si raddrizza e mi fissa negli occhi. «Voglio solo che mi ascolti, che mi lasci perorare la mia causa e poi deciderai che cosa vuoi fare.»

Intravedo un piccolo raggio di speranza. «Okay.»

«Prima di tutto, siamo molto compatibili. So che hai detto che non era così, perché tu parli e io ascolto, ma questo significa essere complementari. E non c'è solo quello. Non importa se non ci piacciono gli stessi spettacoli in TV, purché siamo seduti insieme. È tutto quello che voglio. Tenerti la mano o sentirti appoggiata al mio fianco. E verrò a tutte le feste che vorrai. Ballerò perfino con te. Tutto ciò che voglio è che tu sia felice.»

Mi sento stringere la gola e faccio un respiro profondo per allentarla. «Sembra che...»

«Non ho finito. Siamo compatibili anche fisicamente. Non ho mai desiderato un'altra donna come desidero te e ti ho tenuto a distanza, convinto che lo avresti rimpianto perché non ero quello che ti sarebbe rimasto accanto, ma il fatto è, Kayla, che voglio restarti accanto. Non ho mai voluto così tanto qualcosa. Quindi, se a te sta ancora bene, vorrei essere il tuo primo.»

Mi sento invadere dalla pura felicità. «Oh, Adam, io...»

«E il tuo ultimo. Quello che voglio dire è che dovremmo sposarci.»

Lo fisso, scioccata. «Dovremmo sposarci? Perché?»

«Perché siamo compatibili in tutti i modi possibili e voglio avere quella sicurezza: essere il tuo primo e il tuo ultimo.»

È per il sesso. Non ha parlato di amore. Sta ancora cercando di proteggermi in quel suo modo maldestro. Sta dicendo che sa che cosa è meglio per me. Che *dovremmo* sposarci.

Scuoto la testa.

«È un no? Non vuoi sposarmi?»

Mi alzo. «Semplicemente non è giusto. Mi dispiace. Penso che dovresti andare.»

Lui non si muove, mi guarda con le sopracciglia aggrottate.

Devo dirlo chiaro e tondo? Tu non mi ami. E quello è l'unico motivo per cui prenderei in considerazione di sposarmi. Bussano alla porta, risparmiandomi di spiattellare l'orribile verità.

«Chi è?» chiede Adam.

«Credo che sia il servizio in camera.»

Va verso la porta e io lo seguo. La apre a un tizio sorridente di mezz'età con un'uniforme dell'albergo. «Salve, servizio in camera.»

Adam lo fa entrare e il cameriere apparecchia e dispone il brunch.

Firmo la ricevuta. «Grazie, buona giornata.»

«Buona giornata anche a lei, signorina.» La porta si chiude alle sue spalle.

Adam si avvicina. «Sei stata con qualcun altro? È per quello che non mi vuoi più? È troppo tardi per essere il tuo primo?»

Arretro, sbalordita. «Sono passati sei giorni!»

«Non lo so. Ti ho visto parlare con Drew al ristorante.»

«E allora? Gli parlo sempre. E parlo anche con altra gente. Non so se l'hai notato, ma sono una persona socievole.»

«Drew ti ha sorriso.»

Alzo le mani, è incredibile. «La gente sorride! Non significa che abbiamo fatto sesso!»

«Di che cosa stavate parlando?»

Mi piazzo le mani sui fianchi e lo guardo a muso duro. «Se proprio devi saperlo, mi stava invitando a una classe di prova di karate per principianti. Ci sono andata mercoledì sera. Mi è piaciuto prendere a pugni un sacco e imparare manovre difensive che abbatterebbero un corpo molto più grosso.» Fisso la sua figura che torreggia su di me. «Probabilmente potrei buttarti a terra con quello che ho imparato finora.»

Adam accenna un sorriso. «Potresti provarci.»

«Mi fa piacere che ti diverta, Adam. Io no. Sei venuto fin qua per dirmi che dovremmo sposarci perché siamo compatibili. Beh, io non sono d'accordo. Sono compatibile con un sacco di gente che non sposerò. Sono compatibile con il ricercatore che ho seguito ieri, ma non lo sposerò, sono compatibile con Audrey, ma non ho intenzione di sposarla.»

«Mi sembra di capire che il problema è la parola compatibile.»

Mi volto e vado dove c'è il mio brunch. «Vado a mangiare. Sono affamata e arrabbiata.»

«Okay. Aspetterò.»

«No, te ne dovresti andare.»

«Non vado da nessuna parte.»

Mi rimangio quello che vorrei dire. *Che sprovveduto!* Come facciamo a essere in due punti così diversi?

Mangio qualche boccone di waffle e poi mi volto a osservarlo mentre guarda fuori dalla finestra. «Ne vuoi un po'?»

«Sto bene così.»

Torno a mangiare, ma diventa tutto di cartone. Continuo a mangiare solo perché ho bisogno di forza per trattare con Adam. Ammetterò che provo sentimenti profondi per lui e, se la cosa non è reciproca, allora dovremo dirci addio per sempre.

«Ti hanno messo in un bell'albergo» dice. «Devono veramente volerti con loro.»

«Mi faranno sapere lunedì. È un buon lavoro con parecchio potenziale di crescita. Ci sono parecchie strade che potrei intraprendere.»

«Hai avuto altre offerte di lavoro?»

«Questa sarebbe la prima. Anche se ho già dei secondi colloqui fissati in altre società.»

«Qualcosa vicino a casa?»

«Abbastanza vicini da consentirmi di tornare ogni tanto: New Jersey, Boston, Manhattan. Nessuno abbastanza vicino da permettermi di fare facilmente la pendolare.»

Lui annuisce a incrocia le braccia.

Sono stanca di aspettare che dica qualcosa di significativo.

Dice che gli sono mancata, ma è tutto. Forse gli manca solo la nostra relazione anche se i benefit erano solo per me. Finisco la colazione e copro il piatto con la campana d'argento. Poi bevo l'acqua e mi volto a guardarlo.

Le parole mi si incastrano in gola. Faccio un respiro profondo e sputo il rospo. «Non posso più restare tua amica con tutti i benefit solo per me.»

Lui si avvicina. «Ti sto dicendo che possiamo essere amici con benefit per entrambi e che penso che dovremmo anche sposarci.»

Faccio un altro respiro profondo. «Non penso che dovremmo sposarci solo per quello. Non sei responsabile per ciò che pensavo di volere: sesso solo con mio marito. Ho cambiato idea. Non è più ciò che voglio.»

Lui si siede sul bordo della scrivania accanto a me e dice in tono feroce: «Non voglio che tu faccia sesso con nessun altro».

Chiudo gli occhi, addolorata per la totale mancanza di comprensione da parte dell'uomo di cui sono innamorata. «Temo che il sesso sia diventato questo grosso problema tra di noi, farlo o non farlo.» Apro gli occhi. «Ma non è il sesso il problema.»

«Dimmi qual è.»

Mi tremano le labbra e gli occhi si riempiono di lacrime. «Il problema è che provo dei sentimenti profondi per te e tu ti senti solo in obbligo nei confronti miei e di ciò che pensi io voglia, mentre io desidero solo esserti vicino. E non intendo in senso fisico, okay?»

Adam mi tira in piedi e mi abbraccia. «Tu mi sei vicina.»

Premo la guancia contro il suo petto, ascoltando il battito forte del suo cuore. «A me non sembra che sia così. Mi sembra che mi tenga a distanza in tutti i modi possibili.» Alzo la testa. «È colpa mia. Ho cambiato io le regole, ma non sono riuscita a farne a meno. Qualunque donna passi del tempo con te si innamorerebbe.»

Lui mi alza la testa prendendomi sotto il mento. «Tesoro.

Ciò che stavo cercando di dirti nel mio modo maldestro era che ti amo.»

Le mie labbra riprendono a tremare. «Davvero?»

Adam mi passa il pollice sul labbro inferiore. «Già, proprio così. Tu pensi che lo dica alla prima che passa?»

Lo bacio, con le lacrime che cominciano a scendere. Le asciugo in fretta. «Statisticamente parlando, è difficile che tu mi perda. Ti amo troppo.»

«Kayla.» Mi tiene stretta come se non volesse più lasciarmi andare.

«È la prima volta che mi abbracci per primo. Sono sempre stata io ad abbracciarti.»

«Sono stato un idiota a cercare di tenerti a distanza.» Mi prende il volto con entrambe le mani. «E poi eri distante e non riuscivo a sopportare il pensiero di perderti.»

Gli tempesto il bel viso di baci. «Non mi perderai. E ti sposerò. Vale la tua prima proposta.»

«No, non vale. Ho sbagliato tutto parlando di compatibilità. Che ne dici di trasferirti da me e ripartire da lì?»

«Benefit per entrambi?»

Adam mi rivolge un lento sorriso sexy. «Con quelli possiamo cominciare subito.»

«Allora dovrai spogliarti.»

15

Chiudo le tende in modo da non condividere con tutta Indianapolis lo spettacolo che sto per ammirare. «Adagio» gli dico,
sedendomi sul divano. «Voglio un vero e proprio
spogliarello.»

Adam ridacchia e si toglie la maglietta, facendola roteare
sopra la testa. «È molto più teatrale di quanto immaginassi.»

«Woo! Togliti tutto!»

Lui mi getta la t-shirt.

L'afferro e l'annuso. «Mi è mancato. Hai sempre un
profumo così buono. Sai di pulito e di legni preziosi.» Sorrido.
«Ricordi che cosa mi hai detto della seduzione e dello
spogliarsi?»

Adam alza un angolo della bocca. «Se ti spogli tu, lui ci
sta. Se si spoglia per primo, scappa.»

Io annuisco. «Ti sei spogliato per primo ma accidenti se
non scappo. Io ci sto.»

«Anch'io.» Si toglie le scarpe e le calze e appoggia le dita
sul bottone dei jeans, fissandomi negli occhi. «Hai mai visto
un uomo nudo?»

«Non nella vita reale» ammetto.

«Vieni qua.»

Vado da lui e mi tira vicino, appoggiando la bocca sulla
mia. Mi prende la mano e se l'appoggia sull'inguine,

lasciando che lo tocchi attraverso i jeans. È un rigonfio impressionante. Provo un istante di panico. Come farà a starci?

Interrompo il bacio e lo fisso. «Fammi vedere.»

Lei emette un gemito. «Probabilmente non avrei dovuto baciarti. Sarebbe stato più facile.» Slaccia il bottone e abbassa cautamente la cerniera, staccando i jeans dall'erezione massiccia.

Non esito. Afferro la cintura dei boxer neri di maglia e li abbasso insieme ai jeans. Il suo sesso si erge spesso e turgido. Lo accarezzo esitante con un dito.

Lui grugnisce e fa un passo indietro, togliendosi completamente jeans e boxer.

Mi mordo il labbro inferiore. «Che cosa ti piace?»

«Toccami e basta. Mi piacerà qualunque cosa, perché sei tu.»

Rassicurata, mi avvicino, passando le mani sul suo petto caldo, sugli addominali definiti e poi più in basso, seguendo il percorso fino a tornare al suo sesso. Gli passo le dita sopra, sotto, intorno, imparando le sensazioni che dà, proprio come lui aveva imparato a leggere il mio corpo. Lo guardo per vedere se gli piace.

Ha un'espressione tesa, il respiro affannoso. Gli occhi sono semichiusi quando mi prende la mano e la guida per avvolgerlo e poi andare su e giù. Lo osservo attentamente. Decisamente questo gli piace.

«Voglio sentire il tuo sapore come hai fatto tu con me» sussurro, cadendo in ginocchio di fronte a lui.

«Kayla.»

Passo la lingua su tutta la sua lunghezza e poi intorno alla punta. Poi lo prendo completamente in bocca, muovendomi come aveva fatto lui con la mia mano. Adam stringe le dita tra i miei capelli e io alzo gli occhi. Ha la testa all'indietro, le mascelle strette.

Mi tiro indietro. «Ti stavo facendo male?»

Lui mi afferra, tirandomi in piedi. «No, era fin troppo bello.»

Sorrido, felice di essere già brava. «Non è possibile che una cosa sia troppo bella.»

«Ti voglio.»

«Mi hai...» La sua bocca mi zittisce con un bacio appassionato, duro e imperioso, così diverso dai suoi soliti baci teneri. Eccitante. Stringo le dita sulle sue spalle e il mio mondo si capovolge quando la sua lingua entra nella mia bocca, le sue mani sono dappertutto, mi accarezza la schiena, il sedere, i fianchi, le appoggia sul mio seno.

Interrompo il bacio per togliermi il top, ma è più veloce di me. Mi spoglia tra un bacio appassionato e l'altro, fermandosi solo il tempo di accarezzare la pelle denudata prima di passare all'indumento seguente. Sto andando a fuoco. Finalmente siamo entrambi nudi e gli metto le braccia intorno al collo, baciandolo con tutta la mia passione.

Adam mi fa arretrare e colpisco il materasso con il retro delle ginocchia. Ci stacchiamo per respirare; stiamo entrambi respirando affannosamente. Adam toglie le coperte.

La sua voce è roca. «Sdraiati e allarga le gambe per me.»

Mi sposto carponi verso il centro del letto e sento il suo gemito represso. Sbircio da sopra la spalla. Ha gli occhi fissi su di me in questa posizione. «Sono tutta tua, Adam. Proprio come ho sempre voluto.»

«Che cosa mi fai» borbotta, prima di afferrare i jeans dal pavimento e togliere un profilattico dal portafogli.

Me n'ero dimenticata. Non ne ho con me. Mi sdraio al centro del letto e allargo le gambe.

Adam mi copre un attimo dopo, baciandomi teneramente. Alza la testa, scostandomi i capelli dal volto. «Andrò piano.»

«Sono settimane e settimane che vai piano. Non ne ho più bisogno. Baciami come hai fatto prima, come se mi desiderassi disperatamente.»

«Ti desidero disperatamente.»

Gli afferro il sedere e tiro. Non serve; è troppo forte e solido. Lui si sposta più vicino, ma non dove lo voglio io, ma poi mi distrae con la bocca di nuovo famelica e imperiosa. Bacio dopo bacio, umido e profondo. Non c'è altro che il suo calore, il suo sapore, il suo peso sopra di me. E poi la sua bocca scende lungo la mia mandibola e poi il collo, strusciando i denti. Sento un brivido in tutto il corpo.

Adam si abbassa, prendendosi tutto il tempo, alzando il mio seno e portandoselo alla bocca. Ansimo quando succhia, facendomi pulsare. Allargo le dita nei suoi capelli, tenendolo contro di me. Voglio di più, sto aspettando ansiosamente che mi penetri.

Adam si sposta all'altro seno, succhiando forte mentre la sua mano scende tra le mie gambe. Respiro tremante, la pressione dentro di me è quasi insopportabile. È tanto che l'aspetto.

Adam scende lungo il mio corpo tempestando di baci il mio stomaco, l'interno della coscia, fino ad arrivare alle dita dei piedi.

«Adam.» Allungo le mani. Ho bisogno che torni sopra di me, sto aspettando che si unisca a me.

Lui risale lentamente. «Non ancora.» Mi sfiora le labbra con le sue. «Voltati.»

«Perché?»

«Perché ho bisogno di esplorarti ancora.» Mi ribalta prima che possa fare altre domande. Mi scosta i capelli e mi bacia la nuca, stringendola tra i denti. Vado a fuoco per una vampata di calore che scende lungo la spina dorsale. Adam mi passa le mani sulla schiena e poi la sua bocca fa lo stesso percorso, baciandomi dolcemente lungo la spina dorsale. Mi sciolgo sul materasso. Lui continua fino alla curva del mio sedere e poi lungo una gamba, continuando ad accarezzare, baciare e assaporare. Poi l'altra gamba. Io aspetto con il fiato sospeso. Che cosa viene dopo?

Adam mi volta e mi mordicchia il labbro, facendomi sobbalzare. È un lato di Adam che non avevo mai visto prima, più rude, più aggressivo. Questo è l'Adam che si sta permettendo di provare un desiderio acuto e si prende ciò che vuole. Allargo le gambe, tirandolo per le spalle, ma lui resiste, abbassandosi per baciarmi proprio nel centro del piacere che ha toccato.

E poi mi sorprende, portandosi le mie gambe sopra le spalle e allargandomi davanti al suo sguardo. Sono inchiodata, aperta per lui. Respiro più a fatica, il cuore batte più forte quando mi guarda fisso negli occhi. E poi abbassa la testa, all'inizio la sua bocca è persuasiva e le sue dita giocano con me. Mi rilasso, con le dita infilata tra i suoi capelli. Il piacere aumenta sempre di più; la sua bocca famelica mi spinge verso l'orgasmo. Mi si blocca il fiato in gola, lui rallenta e l'orgasmo si allontana. Gemo, ne ho bisogno.

E poi mi riporta allo stesso punto, con la pressione che sale. Grido, rabbrividendo contro di lui, con il piacere che esplode dentro di me, dalla testa fino ai piedi.

Gli tiro le spalle, ho bisogno di averlo vicino. Lui risale lentamente e lascia che lo abbracci.

«Ti amo, Kayla» mi mormora all'orecchio.

Gli afferro la testa e lo bacio appassionatamente. «Ti amo anch'io.»

Adam si posiziona alla mia entrata. «Sei così bagnata, così pronta per me.»

Annuisco mentre lui si spinge dentro lentamente, allargandomi. Di colpo dà una forte spinta e ansimo per l'improvviso dolore acuto, seguito dall'aumento della pressione.

Adam si ferma, con una mano appoggiata alla mia guancia mentre mi bacia. Lunghi baci languidi che diventano più profondi, aprendomi sempre di più e consumandomi. E poi alza la testa, con gli occhi fissi nei miei mentre si muove lentamente dentro e fuori. Di colpo, sento l'amore tra di noi, qualcosa di primitivo e reale. Questo è fare l'amore.

«Sono così contenta di aver aspettato te» sussurro.

«Così è meglio.» Mi bacia lungo la mandibola fino all'orecchio e addenta il lobo dell'orecchio, tirandolo un po'. «Con amore.»

«Sì» dico piano. «Adesso prendimi come se fossi disperato di avermi.»

Lui mi succhia il tendine del collo; le sue spinte sono lente ma profonde. Arcuo i fianchi, andandogli incontro a ogni spinta. Adam geme contro il mio collo prima di prendermi più forte, più velocemente, finché stiamo entrambi rincorrendo quel picco. Il suo respiro è aspro contro il mio orecchio mentre si muove contro di me colpendo proprio il posto giusto.

«Adam!» esclamo mentre mi arcuo disperatamente sotto di lui quando esplode l'orgasmo. Lui si dà spinte potenti prima di lasciarsi andare con un grugnito gutturale.

Crolla sopra di me, respirando in brevi rantoli.

Curvo le labbra in un sorriso soddisfatto. «Ho finalmente capito perché tutti fanno questo gran polverone. È stato incredibilmente bello!»

Adam alza la testa. «Non è sempre così.»

«No?»

«No.» Mi mette una ciocca di capelli dietro l'orecchio. «Siamo noi, la nostra chimica, il nostro amore.»

«Oh, Adam!» Lo stringo forte. Lui preme le labbra contro il mio collo e lo sento sorridere contro la pelle.

Rotola via e mi dà un'occhiata severa. «Solo noi, Kayla. Hai capito. È così solo per noi due.»

Mi vuole tutta per sé. Mi arrampico sopra di lui e mi allungo. Adoro questa nuova sensazione di pelle contro pelle. Lo bacio. «Solo tu.»

Mi stringe in un caldo abbraccio. Vorrei restare così per sempre. Non voglio pensare al mondo reale, alle possibili offerte di lavoro, a tutto quello che mi porterà lontano da lui. Qui, in questa stanza d'albergo, il mondo siamo solo noi.

Adam

Torno a casa domenica sera tardi, stanco e nervoso. Tutto ciò a cui riesco a pensare è Kayla che accetta quel lavoro a Indianapolis. Non voglio intralciarle la strada. Allo stesso tempo dovrei rinunciare a tantissimo. Qui ho una reputazione che mantiene fiorente la mia impresa, anche grazie al passaparola e ai contatti di Wyatt con la ricca élite di quest'area. Per stare con Kayla dovrei vendere la mia casa, lasciare la comunità che amo, la mia famiglia e ricominciare tutto da zero.

D'altro canto, la amo tanto che non riesco a immaginare la mia vita senza di lei.

Parcheggio in garage ed entro, lasciando la borsa accanto alla porta. Durante il fine settimana, Drew è passato per prendersi cura di Tank al mio posto. Ha la chiave. C'è silenzio. Strano. Di solito Tank mi saluta almeno abbaiando stancamente quando arrivo a casa.

Accendo la luce. Tank non è sul suo lettino. C'è un biglietto sul tavolino. Spero che stia bene. Magari Drew l'ha portato dal veterinario. A volte Tank si mette nei guai, mangiando la cosa sbagliata.

Prendo il biglietto e mi sento morire vedendo la grafia tondeggiante.

Adam,

Mi sono ripresa Tank. Non ho mai avuto l'intenzione di lasciartelo per sempre. Perché tu dovresti avere tutto, mentre io non ho niente?

Amelia.

Accartoccio il biglietto. Maledizione. È l'una del mattino, sono esausto, combattuto per Kayla e adesso Amelia si è presa il mio amatissimo Tank.

Okay, pensa. Prendo il telefono e chiamo Amelia. Niente, non è la sua segreteria. Deve avere un numero nuovo da quando è tornata negli USA. Chiamo Drew, che è un animale notturno.

«Ehi, sei appena tornato?»

«Sì, e Tank non c'è più. L'ha preso Amelia. Quando l'hai visto l'ultima volta?»

«Merda. L'ho portato fuori stasera alle dieci e ho chiuso quando l'ho riportato in casa. È entrata in casa tua?»

Mi guardo attorno. «Dev'essere così. O forse una delle finestre non era bloccata. Non
lo so.»

«Chiama Eli. Può portarla dentro per violazione di domicilio. Non può semplicemente rubare il tuo cane.»

«Tank era suo all'origine. Ha lei i suoi documenti.»

Cazzo. Ero talmente preso da Kayla che ho completamente dimenticato di pagare Tank ad Amelia e farle dichiarare per iscritto che era mio.

Saluto Drew e chiamo Eli, poi faccio il giro del lago, cercando la sua corvette rossa. Tutto quello che so è che la sua famiglia ha affittato una casa sul lago. Non vedo niente, dopo aver fatto tre volte il giro. È buio e non ci sono lampioni in questa parte della città. Dovrò tentare di nuovo domani mattina. E se fosse già partita per chissà dove?

Appoggio la fronte sul volante, con lo stomaco sottosopra. Giuro che se ha fatto del male a Tank, in qualunque modo, la denuncerò per crudeltà verso gli animali. Anche se sospetto che voglia solo dei soldi. È il suo modo per attirare la mia attenzione.

Poi ricordo che Kayla ha messo un localizzatore GPS su Tank quando i tre cani erano scappati al barbecue di Wyatt. La chiamo, ma c'è la segreteria e non risponde nemmeno al mio messaggio. Probabilmente sta dormendo. Indianapolis è sullo stesso fuso orario di qui.

Wyatt. Posso chiamare il guru della tecnologia. Se c'è qualcuno che può determinare dov'è Tank tramite un localizzatore GPS, è proprio lui. Rimetto in moto e faccio il breve percorso fino a casa di Wyatt.

Quando arrivo a casa sua sono lieto di vedere che ci sono ancora le luci accese all'interno. Spero significhi che sono ancora alzati. Suono il campanello e i cani cominciano ad abbaiare correndo verso la porta.

Wyatt apre la porta un attimo dopo, con una t-shirt e i pantaloni corti. Ha Palla di Neve infilata sotto il braccio e Rexie all'erta accanto a lui. Entrambi i cani abbaiano come matti. «Giù. È Adam» ordina ai cani che si zittiscono immediatamente. «Kayla sta bene?»

«Sta benissimo. Sono innamorato di lei. Tank è sparito e ho bisogno del tuo aiuto.»

Lui resta lì e mi fissa.

«Non hai sentito quello che ho detto? Ho bisogno del tuo aiuto.»

Fa un passo indietro e mi fa entrare. «Okay, ero solo sorpreso. Quindi tu e Kayla fate sul serio adesso?»

«Sì.»

Wyatt sorride. «Ottima notizia. Sydney mi ha parlato della tua ex fidanzata ed ero sicuro che avresti spezzato il cuore di Kayla nel tentativo di proteggere il tuo.» Lascia andare il fiato. «Che sollievo. Okay, ho un po' di esperienza con i cani smarriti. Sono sicuro che possiamo trovarlo. Da quanto è sparito?»

Sidney compare dietro di lui. «Ehi, Adam. Com'è andata a Indianapolis?»

Wyatt appoggia a terra Palla di Neve e mette un braccio intorno alla vita di Sidney. «È innamorato di lei.»

Sydney sorride. «Lo sapevo. Quando sei corso fuori dall'Horseman Inn come un uomo con una missione da compiere...»

«Amelia ha preso Tank» dico. «Non ho idea di dove sia andata e più passa il tempo, più potrebbe arrivare lontano.»

«Hai cercato nella tua proprietà?» chiede Wyatt. «Palla di Neve resta sempre vicino a casa quando scappa.»

«L'ha preso la mia ex» dico lentamente e chiaramente. «E ha intenzione di tenerlo.» Mi passo una mano sui capelli. «Tecnicamente ha i documenti dell'allevatore, quindi non so quanti diritti ho su di lui. Mi sono offerto di pagarlo, ma voleva cinquemila dollari e non li ho.»

«Stai scherzando vero?» esclama Sydney. «Non devi dare un centesimo a quella donna. Ti ha regalato Tank quando se n'è andata. Lo ricordo chiaramente. E pensavamo tutti che se ne fosse andata per sempre.»

«Lo so. Non sono sicuro che importi, ma se lei può portar-

melo via, io me lo posso riprendere. Devo solo sapere dov'è.»
Mi rivolgo a Wyatt: «Kayla ha messo un localizzatore GPS sul
suo collare il giorno in cui i cani si sono liberati. Sta
dormendo quindi non posso farmi aiutare da lei ma speravo
che tu sapessi come fare a trovarlo».

Wyatt sorride. «Ho comprato io quel localizzatore a Kayla.
E ho il servizio premium per un numero illimitato di amici e
familiari.»

Sento Sidney che ansima. «Avevi messo un localizzatore
su tua sorella!»

Wyatt sogghigna. «No, condivido semplicemente un
sistema di localizzazione GPS con le mie sorelle. Io posso
aiutarle a trovare le loro cose e loro possono aiutarmi a
trovare le mie.»

Sydney scuote la testa. «Tu stai decisamente monitorando
le tue sorelle.»

Wyatt sembra riflettere. «Il localizzatore di Paige dice
sempre che è a casa. Scommetto che è l'unica che ha aperto
l'app e si è resa conto dell'inghippo.» Sembra preoccupato.
«Adesso come farà a trovare le chiavi se le perde?»

«Wyatt, *Tank*» dico.

«Giusto. Devo prendere il telefono» dice tornando in
cucina.

Sydney e io lo seguiamo. «Amelia non mi è mai piaciuta»
dice.

«Davvero? Non hai mai detto niente. L'ho quasi sposata.»

«È il motivo per cui non ho mai detto niente. La amavi e
volevi sposarla. Inoltre non c'era niente di preciso che non
andava in lei. Mi sembrava solo un po' falsa.»

Scuoto la testa. «Avresti dovuto dire qualcosa. Forse mi
avresti risparmiato un bel po' di dolore.»

Sydney mi stringe il braccio. «Mi dispiace, hai ragione,
anche se dubito che sarebbe bastata la mia opinione per
fartela lasciare. Se può servire, adoro Kayla e penso che siate
perfetti insieme.»

Se solo fosse così facile. «Grazie. Lo penso anch'io.»

«Che cosa c'è che non va?»

Non voglio parlare dei miei dubbi sul futuro, sapendo che Kayla potrebbe scegliere di vivere lontano da me. Devo concentrarmi sul trovare Tank.

«Sono solo preoccupato per Tank» dico.

Wyatt ci mostra il telefono. «Trovato. È ancora in città e ho l'indirizzo.»

«Andiamo» dice Sydney.

«Chiamo Eli» aggiungo io.

«Adesso abbiamo una gang» dice Wyatt strofinandosi le mani.

Ed è così che noi tre finiamo sul SUV BMW color argento di Wyatt, diretti alla casa che hanno affittato i genitori di Amelia, dove lei tiene Tank in ostaggio.

Un'auto della polizia accende le luci quando arriviamo davanti alla casa. «Oh diavolo, stavo superando il limite?» chiede Wyatt, guardando nello specchietto retrovisore.

«Decisamente» dice Sydney.

Un attimo dopo mio fratello Eli appare al finestrino del guidatore e fa lampeggiare una torcia in faccia a Wyatt. È in uniforme, in modalità poliziotto. Non si scherza con lui. Ironia della sorte, era lui il peggiore attaccabrighe da adolescente. «Sai perché ti ho fermato?»

Wyatt emette un gemito. «Dai, sono tuo cognato.»

Eli fa lampeggiare la torcia sul resto di noi. «Avevi superato il limite, ma mi rendo conto che ci sono cose più importanti in ballo. Adam, hai intenzione di denunciare Amelia? Furto del cane, violazione di domicilio.»

«E se ci riprendessimo semplicemente Tank?» chiedo.

«Non puoi» dice Sydney. «Amelia ci proverebbe di nuovo. Che cosa vuole veramente? Sta cercando di ferirti? Vuole davvero bene a questo cane?»

«Vuole i soldi» dico. «Sono sicuro che se la pagassi non sentirei più parlare di lei.»

«Io ho i soldi» dice Wyatt. «Vuoi che me ne occupi io?»

«Io penso che dovresti denunciarla e far emettere un ordine restrittivo» dice Eli.

«Io penso che dovresti prenderle qualcosa che ama veramente» dice Sydney. «Come la Corvette. L'ho vista passare parecchie volte davanti al ristorante.»

Prendo in considerazione tutti i suggerimenti e poi penso ma tutto quello che mi ha fatto passare Amelia, a come ho quasi perso Kayla a causa delle vecchie ferite, troppo sulla difensiva per rischiare di aprire il mio cuore finché non è stato quasi troppo tardi. E ora il futuro con Kayla è incerto e vorrei soltanto non essermi tirato indietro così a lungo. Abbiamo perso tempo prezioso.

«Facciamo tutte queste cose» dico. «Riprendiamoci Tank, denunciamola, facciamo emettere un ordine restrittivo e sgonfiamole gli pneumatici.» Do un'occhiata a Eli. «Non è illegale vero?»

«No, per quanto mi riguarda.»

Andiamo tutti verso il piccolo cottage sul lago con un garage separato. La Corvette è nel garage. Sydney apre una finestra sul lato del garage e Wyatt le dà una spinta per farla entrare. Si occuperà lei degli pneumatici.

Eli e io andiamo alla porta d'ingresso e suoniamo il campanello. Probabilmente sveglieremo i genitori di Amelia e le sue sorelle maggiori, se ci sono, ma a questo punto è un problema suo. Sento il familiare abbaiare di Tank e mi rilasso. Il mio ragazzone. Sta bene. Probabilmente è solo confuso ed è troppo stanco per fare qualcosa che non sia dormire.

Il padre di Amelia, Peter, apre la porta con indosso un vecchio accappatoio azzurro. Ha più di sessant'anni e capelli grigi che si stanno diradando. Le sue tre figlie sembrano sempre scombussolare il poveretto. «Sì?»

«Salve, Peter» dico.

Lui strizza gli occhi e si avvicina. «Adam?»

«Esatto.»

Mi stringe la mano. «È bello rivederti. Ho sempre pensato che avessi un effetto stabilizzante su Amelia.»

Interviene Eli. «Siamo qui per Amelia. Ha commesso alcuni reati di cui deve rispondere. È entrata illegalmente in casa di Adam e ha rubato Tank.»

Chiamo Tank e lui alza appena le sopracciglia sospirando.

Ha troppo sonno per rendersi conto della situazione relativa alla sua custodia. Probabilmente dovrò portarlo in braccio.

Peter aggrotta la fronte. «Amelia ha detto che gliel'avevi restituito. Per quanto mi riguarda, puoi tenertelo. Quella cosa non fa altro che piagnucolare e sbavare dappertutto. È disgustoso.»

«Perfetto» dico.

Peter afferra il guinzaglio di Tank da un gancio accanto alla porta, glielo aggancia al collare e lo tira verso di me. Tank alza gli occhi con un'espressione adorante prima di appoggiarsi pesantemente alla mia gamba. Tutta quella eccitazione l'ha esaurito.

Amelia entra in soggiorno. «Papà, no! Quello è il *mio* cane.»

Peter alza le braccia e se ne va sul retro della casa.

«Mi piacerebbe farti qualche domanda» dice Eli ad Amelia.

«In effetti, vorrei prima dire io qualcosa» dico. «Amelia, so che sei disperata, sola, in bolletta, disoccupata, senza una casa e veramente in cattivo stato. Forse è la conseguenza naturale per aver scelto di scappare e lasciarti tutti alle spalle. Alcuni potrebbero dire che è una punizione sufficiente. Io no. Perché non solo hai messo fine alla nostra relazione tradendomi e comportandoti da persona senza cuore, cose che non mi meritavo, ma poi sei tornata indietro chiedendomi di fingere che non fosse mai successo.»

«Ho detto che mi dispiaceva. Per quanto tempo vuoi farmela pagare?»

«Ho finito. Noi abbiamo chiuso. Per sempre. E non ti darò un singolo centesimo per il mio cane. Non avvicinarti più a me o a Tank. Ho intenzione di denunciarti per averlo rubato...»

«Tank è mio!»

«E per violazione di domicilio.»

Lei incrocia le braccia e fa il broncio. «La finestra della lavanderia non era bloccata.»

Eli aggiunge un po' della sua autorità di poliziotto. «È

comunque violazione di domicilio anche se non hai dovuto rompere un vetro per entrare.»

Lei lo guarda storto.

Io continuo. «Se firmerai un documento in cui riconoscerai che Tank è mio lascerò cadere le accuse. Anche se farò comunque emettere un ordine restrittivo nei tuoi confronti. Non ti voglio più vicino a me, né ora né mai.»

Lei scoppia in lacrime. «Non è giusto. Non ho più niente.»

«Quindi hai tutto da guadagnare» dico tranquillamente.

Eli alza un sopracciglio guardandomi, con un lieve sorriso.

Amelia indica Tank. «Almeno dammi qualcosa per lui. Vale quattromila dollari.»

«Ti do la carta "esci gratis dalla prigione" non denunciandoti.»

Peter entra nella stanza con un block-notes in mano e lo porge ad Amelia. «Ecco, scrivilo e ridagli il cane. Davvero, Amelia, non so che cosa c'è che non va in te ultimamente.»

Lei scribacchia un biglietto piagnucolando. Peter me lo consegna, fa il gesto di lavarsi le mani come se fosse tutto finito e poi se ne va.

Leggo il biglietto. Ha fatto ciò che le avevo chiesto. Tank è tutto mio.

«Mi mancava» dice Amelia con una vocina triste. «Mi mancava ciò che avevamo.»

«Grazie» dico.

Poi prendo in braccio Tank e lo porto all'auto con un gran sorriso sul volto. Lui grugnisce e appoggia la testa sulla mia spalla. Una porta si è chiusa per sempre. Ora bisogno capire come fare a tenere aperta l'altra.

16

Il giorno dopo sto lavorando per installare degli scaffali incassati in una villa in una ricca città a circa mezz'ora da Summerdale. Questa mattina ho messo al corrente Kayla dell'incidente, dicendole che Amelia adesso era fuori in permanenza dalla mia vita. Non abbiamo parlato a lungo, però, perché Kayla si stava recando a un altro colloquio con la Noon Pharmaceuticals. Ora è pomeriggio e sembra che il tempo abbia rallentato mentre aspetto di sapere com'è andato il suo appuntamento.

Il mio telefono vibra e lo prendo dalla tasca dei jeans. Mi sento morire quando leggo il messaggio.

Kayla: *Mi hanno offerto il lavoro!!! Stipendio iniziale incredibile, benefit che coprirebbero il costo del trasferimento.*

Ingoio il groppo che ho in gola e rispondo: *Congratulazioni!*

Kayla: *Non ho detto sì. Ho detto loro che ci devo pensare e che devo controllare le altre società con cui ho avuto i colloqui.*

Sento un'ondata di sollievo. Non ci avevo nemmeno pensato. Kayla è astuta, aspetta altre offerte in modo da valutare qual è la migliore.

Io: *Tienimi al corrente.*

Kayla: *Certo. Mi manchi. Arriverò a casa venerdì sera. È un bene che sia rimasta per incontrare Livvie perché il vicepresidente vuole che visiti un'altra delle loro strutture e mi ha anche invitato a cena con altri VIP.*

La vogliono veramente. La voglio anch'io, ma che cos'ho da offrirle? Certo. La casa è mia e le piace Summerdale, ma non posso paragonarlo a un inizio di carriera col botto.

Io: *Andrai alla grande.*

Kayla: *Grazie. Ti amo e sono ansiosa di rivederti.*

Sento il calore che si diffonde nel petto. È così affettuosa, aperta e amorevole.

Io: *Ti amo anch'io.*

Ripongo il telefono e lascio andare il fiato. È tutta colpa mia. Se non fossi stato così attento a mantenere le distanze, avremmo potuto fare dei programmi *qui*. Lei magari non si sarebbe nemmeno presa la briga di cercare un lavoro così lontano.

Adesso l'offerta è sul tavolo e lei ha qualcosa di reale da perdere stando con me.

Kayla

Sto vivendo il mio sogno! Sono follemente innamorata, so finalmente che cos'è fare sesso e la mia carriera sta per cominciare. Wyatt mi ha istruito su come usare l'offerta che ho ricevuto per ottenere delle controfferte e adesso ne ho una a Boston, una nel New Jersey, non lontano da dove sono cresciuta, e un invito per un terzo colloquio in una società di Manhattan, che probabilmente significherà un'altra offerta. È bello che mi vogliano in tanti.

Sono arrivata a casa poco fa. Ho fatto subito una doccia e ho indossato della lingerie sexy, per la prima volta in vita mia. Uno slip di satin e pizzo, trasparente in alto e in parte dietro. Livvie e io siamo andate insieme a comprarla. Ha conosciuto Adam quando siamo usciti tutti insieme per la cena e poi dei drink ed è entusiasta per me. Ho anche un assortimento di set di camiciole e shorts carini e altri set di reggiseni e mutandine sexy di seta, satin e pizzo. È stata una follia, ma fra poco avrò uno stipendio decente. E finalmente ho qualcuno a cui mostrarli.

Mi metto il vestito rosso sopra lo slip, scarpe col tacco alto nere, prendo la borsa ed esco. È ora di sedurre il mio uomo. È stato difficile restare lontana da lui questa settimana, anche se devo ammettere che ero indolenzita dopo il nostro fine settimana insieme. Probabilmente non avrei dovuto fare tanto sesso, ma ho continuato a insistere che stavo bene perché stavo recuperando il tempo perduto.

Percorro il breve tragitto fino a casa sua e suono il campanello. Tank abbaia piano attraverso la finestra. *Oof.* Lo saluto con la mano. Non sono per niente sorpresa che Amelia abbia fatto la mossa subdola di rapirlo. Mi era passato quel pensiero per la testa quando ho messo il localizzatore GPS sul suo collare. Quella donna mi sembra un po' fuori di testa. Grazie al cielo è uscita completamente dalla scena. Adam mi ha raccontato che si è imbattuto nel padre qualche giorno fa, che gli ha riferito che Amelia si è trasferita da un'amica nel Queens. Peccato che non sia più lontana, in California per esempio, ma sembra che abbia rinunciato al mio uomo.

Adam apre un momento dopo.

Gli sorrido. «Ciao, amore mio.»

I suoi occhi scuri mi fissano infuocati mentre mi tira dentro. Mi manca il fiato. Conosco quell'espressione.

Adam chiude la porta e mi attira contro di lui, incollando le labbra alle mie. *Gli sono mancata.* Il suo corpo duro e muscoloso preme contro il mio e poi mi solleva, strofinandosi contro di me mentre continua a baciarmi.

«Mi sei mancata.» *Bacio.* «Kayla.» La sua bocca lascia una scia bollente lungo il mio collo. «Amore.»

«Ho qualcosa da mostrarti.»

Lui mi rimette in piedi, abbassando la testa per succhiarmi sul collo mentre la mano scivola sotto il vestito. «Dopo.»

«È per te.» Resto senza fiato quando le sue dita si infilano sotto le mutandine. Mi accarezza e la sua bocca torna sulla mia, divorandomi. Le mie ginocchia diventano molli, ho le dita impigliate nella sua maglia. Adam infila un dito e poi un altro, mentre il pollice disegna piccoli cerchi sulla centrale del piacere. Tutto si concentra in quel piccolo punto di disperato bisogno. Stringo più forte la sua maglia, sentendomi debole.

Adam abbassa la testa sussurrandomi all'orecchio: «Vieni per me, Kayla. Ne ho bisogno. Ho bisogno di sentirti esplodere».

L'intensità aumenta di colpo, le sue dita fanno la magia portandomi sempre più in alto. Esplodo violentemente tremando contro di lui che mormora qualche parola di lode. Mi appoggio alla parete cercando di riprendere fiato, troppo esausta per alzare una mano.

Sento il rumore di una cerniera, un fruscio e poi Adam mi solleva. Spalanco di colpo gli occhi quando si allinea e scivola lentamente dentro di me. È stato velocissimo col profilattico e ancora più veloce a unirsi a me. Respiro affannosamente, scioccata per questa nuova sensazione, per la posizione in cui mi sta prendendo. Adam lascia una scia di baci lungo il mio collo mormorandomi all'orecchio: «Così stretta. Rilassati. Ci penso io».

Mi abbassa su di lui, aprendomi, riempiendomi. Il mio corpo fatica a riceverlo. Gemo piano e la sua bocca copre la mia in un bacio profondo che mi ruba il fiato e i pensieri quando mi penetra fino in fondo. E poi comincia a darsi delle spinte, dando il via a un'intensa cavalcata. Mi aggrappo alle sue spalle, invasa dalle sensazioni: desiderio bollente, una forte pressione, le sue mani forti che mi afferrano i fianchi.

Il mio corpo si stringe intorno a lui, l'orgasmo è vicino, così vicino... La sua bocca copre la mia inghiottendo le mie deboli grida mentre il mio corpo sussulta contro il suo.

«Sì» dice lui fiero accanto al mio orecchio, con un'altra spinta. Ansimo e lui dondola contro di me quando arriva il suo orgasmo. Mi tiene stretta, respirando forte.

Un lungo momento dopo, mi solleva uscendo da me e mi tiene stretta tra le braccia. Gli appoggio la testa sul petto. Mi rendo conto di colpo che si eccita guardandomi avere un orgasmo. Ha detto che aveva bisogno di sentirmi esplodere.

Tutto ciò che era successo tra di noi non era poi così unilaterale come temevo. Il mio piacere era anche il suo.

Alzo la testa e sorrido. «Credo di aver bisogno di sdraiarmi. Le mie gambe sono un po' traballanti.»

Lui si tira indietro e si sistema i jeans, rialzando la cerniera e allacciandoli. «Non potevo aspettare, andrò più piano la prossima volta, sarà più bello per te.»

Rido un po'. «È già stato bello.»

Mi prende in braccio, stringendomi e mi porta di sopra. Vedo Tank appallottolato sul divano, che dorme profondamente. «Immagino che a lui sembrassimo due animali che facevano le loro cose.»

«È stanco perché l'ho obbligato a fare una passeggiata.»

Giocherello con i capelli sulla sua nuca. «Alla fine non ho avuto bisogno della lingerie per sedurti.»

«Basti tu. Che tipo di lingerie?»

«La vedrai. Quella era una posizione interessante. Mi sembrava di cavalcare un palo gigante.»

Lui mi mette a terra nel corridoio e sogghigna. «Un palo gigante, eh? Mi piace il paragone.»

«È stato difficile accoglierti all'inizio, ma poi è stato veramente profondo e bello.»

Mi spinge contro la parete e mi bacia, con le dita infilate nei miei capelli. Quando finalmente mi lascia riemergere per respirare, mormora: «Non ho mai sentito qualcuno dire cose sconce in modo così dolce».

Mi fa piacere. Non avevo idea di essere capace di parlare in modo sconcio.

Mi prende per mano e mi accompagna nella sua stanza. È la prima volta che la vedo. I mobili sono stupendi, chiaramente fatti a mano. Un letto king-size con una testata di legno chiaro, comodini abbinati e un'elegante cassettiera con le linee curve e gambe affusolate. La trapunta è blu elettrico e spicca sul legno chiaro.

«Mi piace la tua stanza» dico.

«Mostrami la lingerie.»

Mi tolgo il vestito, mi prendo tutto il tempo per sistemarlo ben piegato sulla cassettiera e mi volto a guardarlo. «Ti piace?»

Adam non mi toglie di occhi di dosso. «Sei così bella, Kayla. Non riesco a credere di avere aspettato tanto.»

Mi precipito tra le sue braccia. «Adesso ci siamo. È tutto ciò che conta.»

Mi appoggia la mano sulla mandibola, accarezzandomi il collo con le dita. «Non voglio che lasci Summerdale, ma non ti posso chiedere di restare.»

«Non ti trasferiresti per me?»

«Mi piace dove vivo. Tutti i miei clienti sono qui e anche la mia famiglia. Da qualche altra parte dovrei ricominciare da zero.»

«Anche a me piace stare qui.» Penso alle mie prospettive future che non sono per niente chiare. «Penso che dovremmo essere pratici e rimandare la discussione a quando conosceremo tutte le alternative. Nel caso peggiore, potremmo incontrarci il più spesso possibile.»

Lui aggrotta la fronte.

«Per favore, non parliamo del futuro finché non avremo tutti i fatti. Ho ancora un colloquio prima di prendere una decisione. Mi sento così bene con te adesso. Vieni a letto e coccolami.»

«Non sono un tipo da coccole» borbotta Adam. «Dammi qualche minuto.»

Annuisco.

Lui va nel bagno annesso alla stanza.

Io mi lascio cadere sul letto. Oh, è così comodo. Mi metto sotto le coperte e aspetto. Poi mi metto sul fianco, pronta per le coccole.

Sento la porta del bagno che si apre. «Sono pronta per le coccole.»

Adam si infila sotto le coperte e si appoggia alla mia schiena. «Ti dico subito che questa posizione non durerà a lungo.»

«Perché non ti piace fare le coccole?»

Lui spinge i fianchi contro di me. «Perché mi ecciti troppo.»

Sorrido. «Allora, come hai fatto a resistermi così a lungo?»

«Molte docce.»

«Non mi meraviglia che avessi sempre un profumo così fresco e pulito.»

Lui mi sussurra all'orecchio: «Immaginavo le tue labbra piene intorno a me, mentre mi scopavi con la bocca».

Mi volto tra le sue braccia. «Facciamolo nella doccia. Voglio far avverare tutte le tue fantasie.»

Lui mi fa voltare un'altra volta e le mani salgono dal mio stomaco fino al seno. «Ho un'enorme quantità di cose che voglio mostrarti. Spero che tu possa passare qui tutto il fine settimana.»

Resto per un attimo senza fiato quando mi accarezza il seno e il capezzolo si inturgidisce. «Mi sono presa tutto il fine settimana di vacanza per riposarmi dopo il viaggio. Sono pronta per il tutorial di Adam sul sesso.»

Lui mi morde il collo e il fiato mi esce tremante. «Non riposerai molto.»

17

Adam

Dopo un fine settimana straordinario insieme, la settimana seguente passa più in fretta di quanto mi sarebbe piaciuto. Non è sempre così quando si ha timore di una cosa? Lunedì Kayla deve dare una risposta alle diverse offerte di lavoro. Oggi, venerdì, ha il suo ultimo colloquio a Manhattan. È una candidata fantastica. Brillante, con diverse pubblicazioni a suo nome, entusiasta e lavora bene in squadra. Sono sicuro che la vedano come un buon investimento a lungo termine.

Ci vedremo in un bel ristorante in città per la cena per un motivo importante: mi chiamerò fuori dall'equazione. Potrà scegliere qualunque lavoro pensi che le si adatti di più senza preoccuparsi per me.

Tanto è forte il mio amore per lei.

Kayla

Se ne fossi capace, starei fischiettando una canzoncina allegra mentre vado verso il ristorante di pesce a Manhattan per incontrare l'uomo dei miei sogni per il nostro appuntamento. Il mio colloquio di oggi è finito con una immediata offerta di lavoro. Sono eccitata, ma voglio dormirci sopra prima di dare una risposta definitiva alle varie offerte. Ne ho quattro da valutare. Ho fatto i miei conti e quando si considera lo stipendio, i vari benefit e il costo della vita nelle diverse aree, sono tutte più o meno equivalenti. L'unico fattore che resta da valutare è dove mi sentirei più a mio agio.

Vedo Adam sul marciapiede fuori dal ristorante, con un completo grigio scuro e perfino la cravatta. Si è tagliato i capelli, anche se ha ancora il velo di barba sulle guance che adoro.

«Adam!» Praticamene volo tra le sue braccia, per quanto riesco con i tacchi alti. Indosso ancora il mio completo da colloquio, giacca azzurro chiaro, top di seta, gonna diritta e decolleté con il tacco alto.

Lui mi abbraccia e poi si tira indietro, con l'espressione seria. «Com'è andata?»

«Mi hanno fatto una bella offerta.»

Lui sorride, scuotendo la testa. «Lo sapevo, sei la candidata ideale.»

Arrossisco. «Sei di parte. Sono sicura di non essere la candidata ideale per tutti.»

«Quattro offerte.»

Sorrido. «Quello è vero.»

Mi apre la porta a vetri ed entriamo nel ristorante. E su due livelli, con sculture di vetro appese al soffitto che sembrano piante marine, ippocampi e pesci. L'illuminazione è romantica, data da applique sulle pareti. I tavoli sono di lucido legno scuro, come i pavimenti e le pareti sono color acquamarina.

Adam dà il suo nome all'addetta all'accoglienza e ci portano al livello superiore in una saletta sul retro con una bella vista. Fuori è ancora chiaro e si vede distintamente la città con tutto il suo traffico di gente e auto.

Il cameriere estrae la mia sedia in un tavolo d'angolo per due. Mi siedo. E lui mi porge il menu delle bevande.

Quando se n'è andato, mi chino sopra il tavolo per parlare con Adam. «È così bello qui. Come fai a sapere di questo posto?»

Il suo sguardo si sposta verso l'arcata che porta nell'altra sala. «L'ho trovato online.»

Do un'occhiata al menu delle bevande. «Mi piacerebbe qualcosa di speciale da bere.»

«Che ne dici dello champagne?»

Sorrido felice. «Ne berresti un po' con me?»

«Certamente.»

Appoggio il menu sul tavolo. «Allora, com'è stata la tua giornata?»

«Buona.» Dà nuovamente un'occhiata all'altra stanza.

«Stai cercando il cameriere?»

«Sì.»

«Devi essere veramente affamato.»

Adam torna a guardarmi. «Come stai? Sei tesa dopo il lungo pomeriggio di colloqui?»

«Per niente. Non ci sono pressioni quando si hanno già altre offerte di lavoro.»

Adam si toglie la giacca, appendendola allo schienale della sedia e dà uno strattone alla cravatta. «Vuoi toglierti la giacca?»

«Certo.» La tolgo più che altro perché penso che voglia vedere un po' più di me. Sotto la giacca ho un top di seta bianco senza maniche. Il suo sguardo va dalla mia spalla nuda giù lungo il braccio per risalire alla clavicola, al collo e finalmente alla mia bocca. Sento nascere il desiderio. Quest'uomo ci riesce con uno sguardo.

Lui respira a fondo, poi si asciuga la fronte. Sta sudando.

«Sembri accaldato. Sei andato in giro per la città in giacca e cravatta per un po' questo pomeriggio?» È luglio. Chiunque sarebbe accaldato.

«No. Ah, eccolo.»

Il cameriere arriva con due flûte di champagne, sorridendoci. «Come richiesto.» Che strano, non abbiamo ancora ordinato.

Adam lo ringrazia concisamente. Io gli sorrido e poi mi volto verso Adam, confusa. «Come faceva a saperlo?»

Il cameriere scompare in fretta com'era arrivato.

Adam fa un respiro profondo. «Kayla, so che hai fantastiche opportunità davanti a te e non voglio essere quello che ti impedisce di realizzarle. Non devi assolutamente pensare a me. Non considerarmi parte dell'equazione.»

Sbatto le palpebre un paio di volte, confusa. Sembra che stia rompendo con me, eppure ha ordinato lo champagne come se stessimo festeggiando. «Che cosa stai cercando di dirmi?»

Lui scuote la testa, corrucciato. «Sto facendo un casino. Io ti amo.»

«Ti amo anch'io» dico lentamente.

«E non vorrei mai essere quello che ti impedisce di realizzare i tuoi sogni. Sei brillante e so che in futuro farai grandi cose.»

Il mio cuore comincia a battere più forte. *Sta rompendo con me con lo champagne? Che razza di gesto sadico è?* «Adam...»

«Vuoi sposarmi?»

Mi sbatto una mano sulla bocca.

Lui apre la mano, dove, a quanto pare, tiene da un po' un anello di fidanzamento. Gli ha lasciato l'impronta sul palmo. Fisso l'anello: una fascia d'oro con un diamante dal taglio a marquise.

Poi si mette su un ginocchio di fianco a me. «Verrò dovunque vorrai andare. Per me sei il futuro. E voglio che lo sappia prima di prendere la tua grande decisione. Non sarò io a intralciarti, io sarò quello che ti sosterrà sempre.»

Scoppio in lacrime e gli getto le braccia intorno al collo. «Adam! Sì! Oh mio Dio, non riesco a credere che abbia fatto questo gesto romantico.»

Mi mette l'anello al dito e mi rivolge un sorriso un po' lacrimoso. «Posso essere romantico. Dicevo sul serio, Kayla. Siamo insieme, non importa dove sarà, in qualunque posto nel mondo.»

Gli afferro la testa e lo bacio. «Ti amo tanto.»

Lui si alza e mi prende tra le braccia. «Ti amo anch'io.»

Nei tavoli intorno a noi scoppia un applauso. Il cameriere che ci aveva servito lo champagne viene al nostro tavolo, sorridendo. «Vi piacerebbe se vi facessi una fotografia?»

Adam gli porge il suo telefono e mette le braccia intorno a me da dietro. Io alzo la mano con l'anello e sorrido.

Il cameriere gli ridà il telefono e Adam e io ci sediamo di nuovo, accettando le congratulazione dai commensali vicini.

Faccio cin-cin con la flûte di Adam e bevo un sorso. «Oh, è stato eccitante. Per un minuto avevo pensato che stessi per rompere con me.»

Lui scuote la testa. «Assolutamente no. Stavo sudando, preoccupato che non dicessi sì.»

«Certo che ho detto sì. Io ti amo.»

Adam abbassa la voce. «La prima volta che te l'ho chiesto mi hai rifiutato. Quando eravamo a Indianapolis.»

«Perché non mi avevi detto che mi amavi. Ora so che è così.» Sorrido al mio anello scintillante, inondata di pura felicità. Non ho un solo dubbio. Nemmeno che mi possa lasciare all'altare, una paura che pensavo mi sarebbe rimasta per sempre. Adam è un uomo di cui ci si può fidare.

E poi so esattamente come voglio che sia il mio futuro.

Gli sorrido. «Ho delle buone notizie. L'offerta che ho ricevuto oggi è per il settore ricerca della società, che è in periferia, a circa mezz'ora da Summerdale. La accetterò.»

Adam diventa serio e mi prende la mano. «Voglio che l'accetti solo se pensi che lì sarai felice. Non a causa mia.»

«Mi piace il lavoro che stanno facendo e amo te e Summerdale. E se non fosse un motivo sufficiente, voglio anche restare vicina a Wyatt e Sydney. Probabilmente avranno dei figli tra un paio d'anni e voglio far parte della loro vita. E, viceversa, voglio che facciano parte della vita dei nostri figli. Vedi, è una decisione che tiene conto di come voglio che sia il mio futuro. E mi dà una sensazione positiva.»

Adam mi bacia il dorso della mano. «Sei una donna *incredibile*. Sono così fortunato che voglia sposarmi.»

Mi chino verso di lui e sussurro: «Non sembravi così

contento quando ti ho chiesto la prima volta di prendere la mia verginità. Più che altro sembravi allarmato».

Lui si china sopra il tavolo e mi bacia. «Sei una forza delle natura. Non avevo via di scampo.»

EPILOGO

Kayla

È la fine dell'estate e mi sto godendo la mia prima regata al chiaro di luna sul lago Summerdale. Adam e io siamo su una barca a remi con Tank, che indossa un giubbotto di salvataggio. Con quello riesce a nuotare. Senza farebbe troppa fatica. È praticamente una festa sul lago. C'è un mucchio di gente, con bastoncini luminosi, luci a LED e lanterne.

Noi abbiamo una lanterna da campeggio e identiche collane luminose, che Jenna ha distribuito a tutti. Drew ha legato insieme le nostre barche, che formano una grande isola galleggiante. Jenna e Audrey sono su una canoa insieme, Wyatt e Sydney sono su una barca a vela, senza i cani dato che non c'è spazio per loro. Hanno una barca a remi in cui a volte portano sul lago Palla di Neve e Rexie. Drew e Caleb, i miei futuri cognati, sono in canoa. Eli è di servizio. Ci sono anche alcuni amici del ristorante, la barista Betsy e lo chef Spencer sono su una barca con l'addetto all'accoglienza, Sam e un'altra cameriera.

Guardo in cielo. La luna non è proprio piena ma quasi. «Non è romantico?»

«Lo è, quando ci si è appena fidanzati» risponde Sydney.

Adam la schizza. «Posso rispondere da solo alla mia fidanzata. Sì Kayla, è romantico.»

«Vi ho detto come mi ha chiesto di sposarlo, vero?» chiedo a Sydney, Jenna e Audrey. Certo che l'ho fatto, subito il giorno dopo. «È stato super romantico anche quello.»

«Sono lieto che Adam sia tornato a essere ragionevole» sbraita Wyatt. «Altrimenti avrei dovuto ucciderlo.»

«Wyatt!» esclamo.

«Che c'è?»

Scuoto la testa guardandolo. Deve smettere di essere così iperprotettivo nei miei confronti. Non sono più una bambina. «Non puoi essere semplicemente felice per noi?»

Lui indica Adam. «Lui mi piace. Gli avevo solo detto di prenderti sul serio, cosa che ha fatto. Bel lavoro, Adam.»

Adam inarca la sopracciglia. «Avrei un mucchio di cose da dire in questo momento, ma cerchiamo di restare educati.»

Wyatt sogghigna. «Puoi provarci!»

«Wyatt!» esclama Sydney. «La barca si ribalterà e non ho voglia di fare un tuffo in acqua. Voi due potete affrontarvi in duello quando saremo a riva.»

Wyatt si indica gli occhi con due dita e poi le punta su quelli di Adam.

Io sorrido a Adam, che se la sta cavando benissimo nell'ignorare mio fratello. «Sei stupendo con la tua maglietta.»

Lui abbassa gli occhi per guardarla. «Quante occasioni avrò per indossarla?» È una t-shirt nera con la scritta SPOSO. Io ne indosso una uguale con la scritta SPOSA.

Stringo gli occhi per un momento, riflettendo. «Vediamo. Tutte le occasioni romantiche e sono sicura che ce ne saranno tante. La nostra festa di fidanzamento a casa di mia madre il prossimo fine settimana, la cena di prova e decisamente durante la luna di miele.» Ci sposeremo il prossimo giugno e nel frattempo vivremo insieme. Volevo avere tempo per organizzare un bel matrimonio. Avevo aiutato Sydney e mi era piaciuto. Il mio matrimonio sarà in una bella vecchia tenuta che viene usata per le cerimonie formali. Passeremo la luna di miele alle Hawaii, che ho sempre voluto visitare. Non c'è mai stato nemmeno Adam.

Sento sghignazzare e mi volto per dare un'occhiataccia ai miei futuri cognati, Drew e Caleb. Stanno tirandosi le magliette fingendo di vantarsi, prendendo in giro la t-shirt di Adam. «Posso solo sperare che un giorno anche voi ragazzi troviate una sposa amorevole che vi faccia regali romantici.»

«Posso solo sperare» dice Caleb con la faccia seria.

Drew finge di essere occupato a prendere un'altra birra dal frigorifero portatile, ma noto che sta sogghignando.

«Forza della natura» mormora Adam, chinandosi per baciarmi. «A me piace che tu tenga a cose come le nostre t-shirt.»

«Grazie. È bello essere apprezzati.» Accendo l'altoparlante impermeabile per suonare un po' di musica allegra per tutti.

«Alza il volume» mi chiede Wyatt.

Lo faccio e lui comincia a ballare sul posto, facendo ridere Sydney, che scuote le spalle rivolta verso di lui. Cominciano tutti a ballare da seduti, scuotendo la testa e dondolando. Tutti tranne Drew. È un tipo piuttosto convenzionale. Ma sta osservando Audrey, che sta ruotando la testa, facendo volare tutto intorno i suoi lunghi capelli neri. Credo che sia segretamente innamorato di lei, ma che si trattenga per qualche motivo. Forse non sa di essere innamorato. Ho parlato a Adam della mia teoria e mi ha detto di restarne fuori perché Drew non reagirebbe bene se qualcuno lo informasse che è innamorato. Ma Drew non è mai stato innamorato, quindi come farebbe a saperlo? Vorrei veramente dargli qualche indizio, ma rispetto i limiti imposti da Adam.

In lontananza parte un fuoco d'artificio, sibilando nell'aria. Tank abbaia piano, guardandomi in cerca di conforto. Mi sposto per mettergli un braccio sulle spalle che tremano. «Va tutto bene, è solo rumore. Guarda come sono belli.»

Tank si appoggia alla mia gamba. Si spaventa per le cose più strane. Adam dice che è perché non è molto sveglio. Se si apre una scatola di pizza, si spaventa perché pensa siano fauci giganti. Anche gli altri cani lo innervosiscono, ma poi si abitua e gioca. E lo spaventa il tuono e, immagino, anche i fuochi d'artificio.

Adam si sposta per sedersi accanto a me sulla panca, cingendomi con un braccio. Guardiamo lo spettacolo dei fuochi d'artificio sulla riva opposta, con esplosioni di giallo, rosso e viola. Sospiro felice. È la vita perfetta per me. Una comunità in riva al lago, una famiglia e amici vicini, un fidanzato che amo alla follia e un lavoro fantastico. Sono lì da un mese e mi piace moltissimo. Il mio capo è una donna sorprendente. Andiamo d'accordissimo. Lei dice che le ricordo molto se stessa quando ha cominciato a lavorare lì.

Dopo i fuochi d'artificio, tutti si preparano a tornare a casa, remando verso la riva.

Io mi attardo sulla spiaggia a parlare con Wyatt e Sydney, mentre Adam rimette la barca sul rimorchio che ha agganciato alla sua auto. Racconto loro gli ultimi particolari che ho confermato per la festa di fidanzamento del prossimo fine settimana a casa di mia madre. Il tema è il mare, con l'idea di comunicare che adesso ci sono due pesci disponibili in meno. Un giorno andremo a pescare al mare (a un'ora ragionevole) e io preparerò un pranzo al sacco favoloso.

Alla nostra festa ci sarà una cabina per le fotografie, una caccia agli anelli di plastica con i premi e si accetteranno richieste per le canzoni che formeranno la nostra futura playlist.

«E il resto è una sorpresa.» Non voglio rivelare tutte le cose divertenti che ho organizzato.

«Fico» dice Sydney. «Sei stata così carina con le vostre t-shirt Sposo e Sposa.»

Wyatt fa una smorfia. «Adam ha completamene perso la testa.»

Sydney gli dà una gomitata nelle costole. «Attento, stai parlando di mio fratello.»

«E questa è la mia sorellina» dice indicandomi. «Sono contento che abbia perso la testa per lei. Meno possibilità che finisca per ferirla.»

«Oh, non lo farebbe mai. Adam è un bravo ragazzo.»

Sydney sorride a qualcosa alle mie spalle un attimo prima che io sia sollevata in aria e fatta roteare.

Adam mi rimette a terra, mi tiene il volto tra le mani e mi bacia. «Ti ho sentito che cantavi le mie lodi.»

«Certo. Lo faccio sempre.»

Lui sorride e si rivolge a Sidney. «Mostra a tutti il mio portfolio. Anche a perfetti estranei.»

«È un artista col legno» dico.

Wyatt ridacchia.

Gli do un'occhiataccia e poi mi volto verso Adam perché mi sostenga, vedendolo che cerca di non sorridere. «Che c'è?»

«Niente. Andiamo a casa.»

«Mi piace quella parola. Casa.»

Salutiamo tutti e andiamo mano nella mano dove abbiamo parcheggiato l'auto, di fronte all'Horseman Inn. Un mucchio di gente ha parcheggiato lì o nella strada dietro, come indicavano le istruzioni di Eli e del suo capo, Daniels. Il capo della polizia è vicino ai settant'anni e questo significa che Eli avrà presto una promozione. Lo vedo, senza uniforme, che parla gesticolando a qualcuno in una Honda Accord rossa. Jenna ha un'auto così, ma potrebbe essere qualcun altro. Eli deve averci raggiunto dopo il suo turno per guardare i fuochi d'artificio. Quando ci avviciniamo mi rendo conto che sta gesticolando furioso.

«Uh-oh» dice Adam. «Penso che qualcuno sia finito in retromarcia contro l'auto di Eli.»

La persona scende dall'auto e riconosco la bionda Jenna, che fa il giro per esaminare il retro della sua auto.

Sembra che abbia tamponato la nuovissima Mustang color argento di Eli. L'ha mostrata a Adam quando l'ha comprata. Io l'ho doverosamente ammirata.

«Calmati» dice Jenna. «È una piccola ammaccatura. Sono sicura che si può sistemare.»

«Ma hai almeno guardato prima di fare retromarcia?» urla Eli.

«Ho la telecamera posteriore» risponde Jenna, con un'espressione lievemente colpevole. «Semplicemente non ha funzionato per un attimo perché ho acceso la radio.»

Eli si avvicina minaccioso, con la voce che diventa troppo bassa perché si capiscano le parole.

Jenna alza gli occhi e si lecca le labbra, tirando indietro le spalle. Sembra quasi che stia flirtando. Poi si allontana di scatto. «Pagherò io il danno, okay? Fammi sapere quant'è.» Poi sale sulla sua auto e se ne va.

Eli si passa la mano tra i capelli, guardandola prima di tornare alla sua auto.

Adam si avvicina. «Che rabbia. L'hai da quanto, due settimane?»

«Già» risponde Eli, che sembra un po' stordito.

«Mi dispiace» dice Adam, dirigendosi alla sua auto.

Lo seguo e appena siamo chiusi in auto, con Tank sul sedile posteriore e i finestrini abbassati, gli parlo di quello che ho osservato. «Penso che Jenna farà sesso con Eli.»

Adam volta di scatto la testa verso di me. «Niente da fare. Gli ha appena rovinato l'auto.»

«Non è rovinata, è solo una piccola ammaccatura e adesso hanno un motivo per parlarsi. Ho visto l'atteggiamento di Jenna. L'ho vista flirtare con il tizio delle consegne. Ed Eli sembrava rintronato.»

Adam mi prende il mento e mi bacia. «Tu, mia carissima piccola Cupido, devi smetterla di vedere l'amore dappertutto solo perché tu ne sei sommersa.»

«Credi che sarebbe difficile fare l'amore nel lago?»

Lui ridacchia, mette in moto e si dirige verso casa. «Che diavolo te l'ha fatto pensare?»

«Hai detto sommersa.»

«È fattibile, se l'acqua non è troppo profonda. Ma non lo faremo perché il lago è pubblico e circondato da case.»

«Ricordi il nostro picnic in quel posto ombroso accanto al lago, dove siamo andati per il nostro primo appuntamento? Era piuttosto privato.» *Finché non è comparsa la sua ex.* Non menziono mai il suo nome. Per quanto mi riguarda, lei non esiste.

Adam si volta a guardarmi un attimo. «Andrebbe bene la doccia?»

«Sì. E proveremo a farlo in acqua alle Hawaii, durante la luna di miele. Lì non conosciamo nessuno e possiamo farlo alla luce della luna. Sono contenta di essere passata alla pillola, così possiamo essere spontanei. Tra parentesi, ho intenzione di comprare costumi da bagno abbinati e, ovviamente, berretti Sposo e Sposa da indossare sulla spiaggia. In quel modo capiranno tutti che siamo sposini. Probabilmente saranno ancora più carini con noi e ci daranno bibite gratis e collane di fiori extra.»

«Mi piace il tuo entusiasmo. È tutto quello che posso dire.»

Gli stringo il braccio. La sua ex-fidanzata non era entusiasta per nessuna parte del loro fidanzamento. Non se n'era reso conto finché io non mi ero buttata con tutta la mia eccitazione per il nostro matrimonio e la luna di miele. Aspetteremo qualche anno prima di avere dei figli. Ho tempo e voglio godermi la vita a due. Più Tank, ovviamente.

Arrivati a casa e dopo esserci occupati di Tank, ci prepariamo per andare a letto. È bello restare accoccolata vicino a Adam per tutta la notte. È bravissimo nel fare le coccole.

Spengo la luce sul comodino, mi metto a letto accanto a lui, appoggiata sul fianco in modo che possa abbracciarmi da dietro. Le sue ginocchia dietro le mie, il braccio intorno alla mia vita.

Il calore del suo corpo mi scalda la schiena nuda. Abbiamo un accordo. Mi terrà abbracciata tutta la notte, purché siamo nudi.

La sua mano vaga, come sempre, accarezzando la pelle nuda, il seno e poi scivolando tra le mie gambe. Sprizzano scintille dovunque mi tocca, un calore languido che mi invade a poco a poco. Adam mi bacia il collo mentre le sue dita disegnano piccoli cerchi pigri. Io mi sciolgo, lasciando che mi porti in un lento viaggio di piacere. Alla luce del giorno è molto più aggressivo e imperioso. Di notte è lento e calmo. A me piace in entrambi i modi.

Il piacere continua a crescere e il mio respiro diventa affrettato. Adam è in sintonia con ogni mio movimento, ogni suono, ogni respiro. Accelera quando ne ho bisogno, rallenta quando sono vicina, ma mi spinge sempre a nuove altezze. Grido mentre i miei fianchi si muovono di scatto e l'orgasmo mi travolge.

Lui mi alza immediatamente la gamba e mi penetra, spingendosi il più in fondo possibile. Io gemo. Adam si dà delle lente spinte, cercando il movimento giusto, finché ansimo. Lui continua, proprio lì, proprio dove ne ho bisogno, con le dita che scendono verso il mio sesso ad accarezzarmi dolcemente. Gli afferro il polso, l'intensità è quasi troppa. Non so se sto cercando di tenerlo lì o di spingerlo via. Arcuo la schiena e gli afferro la spalla portando indietro il braccio, infilando le unghie.

Lui mormora al mio orecchio parole di incoraggiamento, dicendomi di lasciarmi andare, che si prenderà cura lui di me. La pressione è violenta, mi spingo indietro verso di lui, bollente ed eccitata. Oddio.

Ripeto il suo nome cantilenando, tremando mentre lui continua con le sue spinte e le dita instancabili. Poi vengo con un grido acuto, i muscoli che si contraggono intorno a lui, anche mentre continua. Sono ondate e ondate di piacere infinito. Adam continua finché il suo orgasmo lo travolge e mi stringe a sé, tenendomi per il fianco.

Sto ancora riprendendo fiato quando mi fa rotolare sulla schiena e mi bacia forte sulla bocca. Gli accarezzo i capelli, troppo esausta per parlare.

Le sue parole sono calde sulle mie labbra. «Ti avevo detto che non sono granché con le coccole.»

Sorrido. «La tua versione delle coccole funziona perfettamente per me.»

«Ti amo così maledettamente tanto.»

Sento il cuore che si stringe. «Lo sapevo fin dall'inizio. Eri tu l'uomo per me. Nessun altro ci è mai andato nemmeno vicino.»

Adam mi tira tra le braccia, uno di fronte all'altro appoggiati sul fianco. Mi bacia la fronte, il naso, le labbra. «Amore. Dormi.»

A volte parla così, ma capisco il messaggio. Mi ama ferocemente. E l'ho esaurito.

Chiudo gli occhi e sospiro piano. Dopotutto è un coccolone. Ma non glielo dirò. Mi piace il modo in cui mi dimostra di *non* esserlo tutte le sere.

Il mio Adam. Coccolone, artigiano straordinario e il mio miglior amico, il più sexy.

Non perdetevi il prossimo volume della serie: *Sporting - Eli*.

Jenna

Dopo aver accidentalmente ammaccato la sua nuovissima auto, mi trovo di colpo a faccia a faccia con un maschio alfa furioso.

Aspettate, Eli Robinson?

Com'è possibile che l'irritante fratello minore della mia migliore amica si sia trasformato in quest'uomo stupendo e spavaldo?

Non posso farmi tentare da lui. Eli è off-limits. La mia migliore amica, la sorella che ha contribuito a crescerlo, si è assicurata che lo sapessi.

Ma c'è il fatto che più lo conosco, più è difficile restargli lontana. Può solo finire male. Rischiare di perdere la mia migliore amica non vale una relazione.

E poi lui mi rapisce.

Eli

Una volta, Jenna Larsen era la ragazza dei miei sogni adolescenziali e lo intendo nel modo più sconcio possibile. Ora che siamo adulti ho scoperto che è ancora più bella di quanto ricordassi. Quindi la porto a fare un viaggio a sorpresa per allontanarmi da occhi che ci giudicano. Una specie di lungo appuntamento. Okay. L'ho rapita.

Spero solo che smetta di essere arrabbiata con me abbastanza a lungo da darci una chance.

Iscrivetevi alla mia newsletter per non perdervi le nuove uscite: https://www.kyliegilmore.com/ITnewsletter

ALTRI LIBRI DI KYLIE GILMORE

Storie scatenate

Fetching - Wyatt (Libro No. 1)

Dashing - Adam (Libro No. 2)

Sporting - Eli (Libro No. 3)

Toying - Caleb (Libro No. 4)

Blazing - Max (Libro No. 5)

I Rourke di Villroy,

Principi da sogno ed eroine tostissime.

Royal Catch - Gabriel (Libro No. 1)

Royal Hottie - Phillip (Libro No. 2)

Royal Darling - Emma (Libro No. 3)

Royal Charmer - Lucas (Libro No. 4)

Royal Player - Oscar (Libro No. 5)

Royal Shark - Adrian (Libro No. 6)

I Rourke di New York

Rogue Prince - Dylan (Libro No. 1)

Rogue Gentleman - Sean (Libro No. 2)

Rogue Rascal - Jack (Libro No. 3)

Rogue Angel - Connor (Libro No. 4)

Rogue Devil - Brendan (Libro No. 5)

Rogue Beast - Garrett (Libro No. 6)

Andate sul mio sito web kyliegilmore.com/italiano per vedere la
lista aggiornata dei miei libri.

L'AUTRICE

Kylie Gilmore è l'autrice Bestseller di USA Today delle serie: I Rourke; Storie scatenate; The happy endings Book Club; The Clover Park e The Clover Park Charmers. Scrive romanzi rosa umoristici che vi faranno ridere, piangere e allungare le mani per prendere un bel bicchiere d'acqua.

Kylie vive a New York con la sua famiglia, due gatti e un cane picchiatello. Quando non sta scrivendo, tenendo a bada i figli o prendendo debitamente appunti alle conferenze per gli scrittori, potete trovarla a flettere i muscoli per arrivare fino all'armadietto in alto, dove c'è la sua scorta segreta di cioccolato.

Iscrivetevi alla newsletter di Kylie per avere notizie sulle nuove uscite e sulle vendite speciali: kyliegilmore.com/IT-newsletter. Controllate il sito web di Kylie per trovare altra roba divertente: https://www.kyliegilmore.com/italiano/.

CPSIA information can be obtained
at www.ICGtesting.com
Printed in the USA
LVHW082152260123
738051LV00029B/816

9 781646 580903